KB108439

사교육
없는 자녀교육

사교육 없는 자녀교육

발행일 2017년 8월 11일

지은이 김 형 철
펴낸이 손 형 국
펴낸곳 (주)북랩
편집인 선일영 편집 이종무, 권혁신, 송재병, 최예은, 이소현
디자인 이현수, 김민하, 이정아, 한수희 제작 박기성, 황동현, 구성우
마케팅 김회란, 박진관, 김한결
출판등록 2004. 12. 1(제2012-000051호)
주소 서울시 금천구 가산디지털 1로 168, 우림라이온스밸리 B동 B113, 114호
홈페이지 www.book.co.kr
전화번호 (02)2026-5777 팩스 (02)2026-5747

ISBN 979-11-5987-719-3 03810 (종이책) 979-11-5987-720-9 05810 (전자책)

이 도서의 국립중앙도서관 출판예정도서목록(CIP)은 서지정보유통지원시스템 홈페이지(http://seoji.nl.go.kr)와 국가자료공동목록시스템(http://www.nl.go.kr/kolisnet)에서 이용하실 수 있습니다.
(CIP제어번호 : CIP2017019217)

어느 아버지의 자녀교육 분투기

사교육 없는 자녀교육

김형철 지음

북랩 book Lab

프롤로그

글을 쓴다는 것은 가슴 뿌듯한 경험이고, 동시에 조금은 힘들고 외로운 작업이기도 했다. 생업에 바쁜 와중에도 시간을 내서, 생각에 생각을 거듭하고, 수 없는 교정을 반복하여 드디어 책으로 낸다니 설레는 마음이 앞선다.

한 3~4년쯤 전 어느 날 미국에 유학간 우리 아이들에 대한 이야기를 하다가, 아내가 문득 "당신 책 한 번 써보지 그래요?" 하고 내게 권하였다. "에이! 무슨, 책으로 낼 만한 얘기가 될까?"

그렇게 원고를 쓰기 시작하여 이 책이 나오게 되었다.

이 책은 나의 60~70년대의 성장기와 나의 두 아이, 딸과 아들의 성장기, 입시, 학업, 결혼, 유학, 독립까지의 근 40여 년의 자녀양육과 교육에 대한 단상(斷想)이자 기록이다.

자녀교육! 자식농사! 참 정답이 없고 어느 부모에게나 어려운 명제인 것은 틀림없다. 나 또한 내 생각과 가치관이 정답일 거라고는 생각지 않는다. 그러나 자식을 잘 키워보려는 부모로서 한 번쯤 되새겨볼 만하며, 진지하게 공감하며, 한 번 실천해 보고 싶은 마음이 생긴다면 저자로서 큰 보람이겠다.

특히 결혼을 앞둔 젊은이들과 어린 자녀를 둔 30~40대의 젊은 부모들이 이 책을 읽어 주면 얼마나 좋을까? 자녀교육은 아주 어릴 때부터 뚜렷한 원칙을 가지고 해야 더 좋은 성과를 거둘 수 있다고 믿기 때문이다.

자녀교육! 어떻게 해야 잘하는 것일까? 현실적으로 무엇을 할 수 있나? 정말 사교육에 의존하지 않아도 자녀가 잘될 수 있나? 어디까지 부모가 개입해야 하나? 돈이 없어도 잘 키울 수 있나? 복잡하고 잘 모르겠고 정말 혼란스럽다. 이 글이 어둠 속에 한 줄기 빛과 같이 이 땅의 자녀교육을 위해 애쓰는 부모들에게 하나의 해결책이 되기를 바란다. 공교육은 무너지고, 사교육 망국론까지 얘기하는 요즘 형편을 생각하면 이런 바람은 더더욱 절실하다.

다음은 이 글에서 내가 중요하다고 주장하는 몇 가지 내용이다.

첫째로 우리 자녀들을 최소한 중학교까지는 입시 공부에서 해방시켜야 한다. 중학교까지는 정신과 육체의 건전한 함양이 목표가 되어야 한다. 공부보다는 감수성을 키우고, 더불어 살아가는 민주시민의 양식을 갖추도록 교육하는 것이 중요하다. 진짜 공부는 대학교부터 해야 한다.

둘째로 자율이 중요하다. 자녀들이 무슨 일이든지 자율적으로 하도록 지원하고 격려해줘야 한다. 주입식 교육과 부모의 욕심에 따른 사교육 열풍은 이제 그만 잠재워야 한다. AI, 즉 인공지능의 4차 산업혁명 시대에 들어서는 이즈음. 웬 쓸데없는 주입식, 암기식, 피동적이고 일방적인 죽은(?) 교육과 살아가는 데 거의 도움이 되지 않는 '실수 덜하기' 경쟁 입시에 목숨을 건다는 말인가?

셋째로 부모의 역할은 든든한 울타리면 충분하다. 자녀들이 마음껏 뛰어놀고, 학습하고 성장할 수 있는 가정환경을 제공하는 데에만 노력을 기울여야 한다. 자녀가 그 울타리 안에서 얼마나 클지는 자녀에게 믿고 맡기자. 부모가 그저 좋은 울타리가 되면, 자연히 자녀는 훌륭한 시민으로 성장할 것이다.

마지막으로 자녀가 부모의 울타리를 벗어날 때가 되면 확실하게 독립하도록 해야 한다. 많은 부모가 과도한 개입으로 자녀를 망치고 있다. 도대체 언제까지 부모가 자식의 인생을 대신 살아줄 것인가? 모름지기 참다운 행복은 자기가 흘린 땀과 노력의 양에 비례한다고 나는 믿는다. 그런 의미에서 요즘 유행하는 금수저, 흙수저는 돈만 중시하는 잘못된 세태를 더욱 조장하는 몹시 나쁜 말이라고 생각한다. 물론 난마처럼 얽힌 교육정책과 사회 갈등, 양극화 문제의 답답함은 별도로 시급히 해결방안을 찾아야 할 것이다.

이 책은 어찌 보면 지극히 개인적이고, 가정적인 면에서의 자녀교육 문제를 다루고 있다. 우리 사회의 연고 중심주의 문화와 부실한 교육정책의 문제, 미래를 짊어지고 나갈 인재 양성 기반 부족 등에 대해서는 필자가 전문성이 부족한 점도 있고, 본격적으로 개인적인 의견을 개진하기에 민감한 사안들도 있어서 언급을 자제하였다. 이 점이 좀 아쉬우나 다음에 다른 기회에 독자 여러분과 의견을 나누게 되기를 기대한다.

이 책이 나오기까지 망설이는 나를 격려해주었고, 두 아이를 잘 키워준 사랑하는 아내 주연옥에게 먼저 고맙다는 인사를 드린다. 그리고 또 다른 주인공인 나의 사랑하는 딸, 아들, 그리고 우리 가족에 합류한 새 식구 사위, 며느리, 손자에게 사랑을 전하고 싶다. 덕분에 삶과 인생이 행복했다는 말과 함께.

스스로 나 자신을 평가해보면, 조금은 독특하고 조금은 무모하며 조금은 순진하다고 생각한다. 59년 가까이 살았던 고향인 서울을 등지고, 별 연고가 없는 낯선 땅 구미시에 이주해온 지 벌써 2년이 지났다. 서울에서 탈고한 원고를 이제야 책으로 펴내니 감회가 새롭다.

2017년 7월, 구미시 인동에서

김형철

차례

C 박사(Ph. D.) 아버지 되기

D 바람직한 가정환경 만들기

E 적성과 진로 탐색

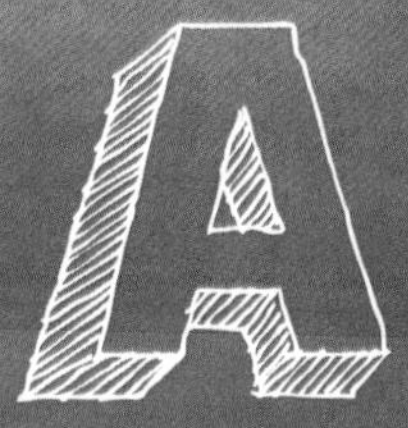

나의 자녀교육 좌우명

"공부해라" 소리를 하지 않는다

다른 학부모도 대부분 마찬가지 경험이 있겠지만, 어렸을 때 제일 듣기 싫은 소리가 "공부해!"였다. 그때 나는 부모가 되면 내 자식에게 이 말만은 하지 않으리라 결심을 했다. 정말이지 지금까지, 우리 아이들이 장성하여 사회에 진출한 이때까지 "공부해라." 소리를 한 번도 하지 않은 것 같다. 그러면 이 소리를 하지 않고 어떻게 아이들을 공부시켰는가 의문이 생기는 것이 당연할 것이다. 진짜로 공부하라는 소리를 하지 않았을까? 의심도 할 수 있겠다.

사실, 처음부터 굳게 마음먹은 나도 이 공부하라는 소리가 수백 번도 더 목구멍까지 올라왔었다. 꾹 참고 또 참았다. 그 얘기가 그 얘기일 수도 있지만, '공부해!' 대신에 아이들에게 강조한 말은 "시간은 귀한 것, 시간을 알차게 써야 한다. 헛되이 시간을 보내선 안 된다. 무슨 일이든 열심히 해야 한다."였다.

농담 반 진담 반으로 그 당시 처음 TV에서 유명세를 타는 가요 프로그램의 백댄서를 보고 "백댄서를 해도 좋은데 하려거든 열심히 해라."라고 말해 주었다. 또 그 당시는 내가 미용기구를 수입·판매하며 미용실을 운영할 때라서 이름만 대면 알 만한 성공한 미용사를 여럿 지켜보았다. 그래서 "원한다면 미용사를 해도 좋다. 열심히 하면 훌륭한 미용사로 성공할 수 있다. 아빠가 지원해줄게."라고 강조하기도 했었다. 중요한 것은 "꼭 공부만이 능사가 아니다. 하고 싶은 것을 해라. 단, 열심히 해라."였다.

지금 생각해도 자녀교육 좌우명 1번은 정말 실천하기가 어려웠지만, 내가 제일 잘한 것 중 첫 번째로 꼽을 만한 명제였다.

자녀 스스로 해야 한다

내가 학생 때 느낀 가슴 저린 기억이다. 외국의 영화나 드라마 속의 가정의 모습을 보면, 부모가 유아원이나 유치원 정도 다닐 어린 자식에게나 중·고등학생 자녀에게 '이거 해라, 저거 해라.' '저거는 하지 말아라.' 하고 명령조로 말하는 것을 거의 보지 못했다. 거기에 나온 대부분의 부모는 '글쎄, 이것은 이럴 것 같고, 저것은 또 저런 면이 있는 것 같은데, 네 생각은 어떠냐?'와 같이 자녀가 스스로 결정하도록 도와주는 대화 장면이 많이 나온다.

내가 자란 우리 집의 환경과 비교되어 정말 부러운 부모와 자녀의 모습이었다. 그런 면에서 조숙했는지, 나는 비교적 어린 학생 시절에 결심했던 것 같다. 나중에 어른이 되어 결혼하면 내 아이들은 영화나 드라마에서 보는 서구의 가정과 같이 그렇게 기르겠다고.

우리가 의식적으로 생각하고 행동하는 것과 인생을 살아가는 모든 과정은 사실 선택(選擇)과 결정(決定)의 연속이 아닐까 싶다.

우리 집에서는 아이들과 직간접적으로 관련이 있는 의사결정을 할 때는 아이들과 먼저 대화를 하였다. 대화로 원만한 합의를 이루지 못할 때는 상당한 토론을 거치기도 했다. 최종적으로는 부모가 정해주는 것이 아니라 아이들이 스스로 자기의 일을 결정한다는 모양새를 갖추려고 노력하였다. 사실, 이러한 합의 과정은 순탄하지만은 않았고, 아내와도 갈등이 생긴 적이 많았다. 내 생각대로 결정된 것이 절반은 되었던가? 세대 차이와 시대의 환경변화로 아이들과 의사결정의 눈높이를 맞추기는 힘들었지만, 한 60% 정도 내 생각을 반영했나? 이만하면 성공적이라고 생각한다.

길고 긴 학업에서도, 아이들 스스로 생각하여 의사결정을 하고, 공부하니 당연히 열심히 공부하게 되었다. 우리 아이들은 한 단계를 마치고 다음 단계로 나갈 때는 더욱 큰 성취를 맛보며, 지금도 자기의 길을 잘 개척하며 진취적으로 살고 있다. 이제는 모두 장성하여 독립한 우리 아이들에게 나는 반복해서 격려하고 칭찬해주고 있다. 너희들이 고맙고 자랑스럽다고.

우리 집 사전에 과외란 없다

나는 4형제 중 장남으로 태어났다. 집안의 장손이자 장남이라서 썩 넉넉지 않은 형편에도 불구하고 부모님께 특별한 대우를 받았는데, 그중 하나가 국민(초등)학교 때부터 동네에서 과외를 받은 것이다. 당시에는 중학교도 입시시험으로 진학하였다.

그리고 중·고등학교 때도 간헐적으로 대학생 선생한테 두세 명이 모여 과외를 받았다. 그러나 대학교 생활을 포함하여 나의 학업 전체를 놓고 생각해 보면, 과외를 받았다고 더 좋은 성적을 받은 것 같지는 않았다고 생각한다. 왜냐하면, 선생님이 이치와 원리와 해법 등 많은 정보를 알려주어도, 이런 좋은 정보를 머리에 넣고, 암기하고 생각하고 활용하는 능력은 결국 자기가 해야 하기 때문일 것이다. 내 숱한 경험으로 미루어보면, 선생님이 해법을 알려주는 일방통행식, 주입식 공부는 당시에는 아는 것 같아도 나중에 보면 내 머리에 남아 있지 않았다.

물론 예습과 복습은 공부하는 데 더할 나위 없이 중요하지만,

그것도 요즘 얘기하는 자기주도 학습을 할 때 진정한 효과가 있다고 본다. 나는 대학입시에서 재수(再修)를 하였다. 그러나, 같은 내용을 2년에 걸쳐 두 번 이상 반복하여 공부했다고 시험을 더 잘 친 것 같지도 않다. 재수나 삼수 등 반복된 도전은 특별한 불운이 있는 등 불가피한 경우를 제외하고는 별로 바람직하지 않다는 것이 나의 생각이다.

비유가 꼭 맞는지는 모르겠지만, 차를 몰고 전혀 모르는 곳을 찾아갈 때 내비게이션에만 의존해서 찾아가면 다음에 내비게이션 없이 그냥 가게 되는 경우 거의 처음 가는 것과 같이 낯설다. 그러나 처음부터 내비게이션 없이 지도를 본다거나 다른 사람들에게 물어보면서 힘들게 찾아가면 다음에 찾아갈 때는 기억이 생생하여 어렵지 않게 찾아갈 수 있다. 공부도 이와 같다고 생각한다. 일방통행으로 학원 강사나 학교 선생님이 아무리 잘 가르쳐주어도, 본인이 애써서 연구하고, 터득하고, 암기한 것이 아니면 여러 번 공부해도 쉽게 잊어버리고, 쉽사리 내 것이 되지 않는 것이다.

정말이지 과외를 시키지 않았다고 하니까 주변의 친구, 친지 등 몇몇 학부모가 '당신네 아이들은 공부를 잘하니까 그렇지!' 등 오해라고 주장할 만한 많은 이야기를 들었다. 하지만 앞에 언급한 대로 공부하라는 소리를 해본 적도 없고, 시험성적을 올리기 위해 과외를 시키려고 생각해본 적도 없다.

대체로 그 당시 나는 아이들을 사교육 시킬 정도의 돈을 벌지 못했다. 그래서 우리 아이들이 걸음마를 막 뗄 때부터 계속해서 "우리 집에 과외란 없다."고 아내에게도, 아이들에게도 못을 박듯 얘기를 많이 했다. 사실 과외나 사교육 문제는 아내와도 의견 차이가 심해서 한동안 상당한 갈등을 겪기도 하였다.

과외에 얽힌 에피소드 하나 소개하겠다. 아들이 중2 어느 휴일 아침, 영어 교과서를 읽지도 못하길래 충격을 받은 적이 있다. 어떻게 하면 과외 금지 원칙을 지키면서 아들이 영어와 영어 공부에 흥미를 갖도록 해줄까 고민하였다. 그러다 떠오른 아이디어가 시험성적을 의식한 영어공부가 아닌, 영어라는 언어를 할 수 있도록 돕는 것은 좋겠다 하는 데 생각이 미쳤다. 그 방편으로 입시를 위한 보습학원이 아닌 영어회화 학원에 보내기로 마음먹었다. 그런데 문제는 우리가 살던 성남시 분당에 영어 보습학원은 셀 수 없을 만큼 많은데, 회화학원은 정말 없었다는 것이다. 수소문해 보니 멀리 떨어진 곳에 딱 한군데가 있었다. 그나마 개원한 지 몇 개월 안 된 곳이었다.

더 기가 막힌 것은 보습학원은 문전성시로 수백 명씩 학생이 넘쳐나도, 그 회화학원에는 중학생 이상의 학생은 우리 아들과 여학생 한 명, 단 두 명만 있었다는 것이다. 학생이 없으니 원어민 선생이랑 한국인 선생이랑 둘이서 한 명을 놓고 가르치는 형편이었다. 학생 한 명이 독(獨)선생 두 분에게 영어를 배우게 되어 더할 나위 없이 좋은 학습환경이었다. 온전히 아들의 실력에 맞추어 가르치는 맞춤형 영어학습이었던 것이다. 학생이 한두 명이다 보니 자연스럽게 교실 밖에서도 데리고 다니며 영어 실습(?)도 하였다고 한다.

아들은 불과 몇 개월을 다니면서 영어에 흥미를 붙였고, 스스로 공부할 수 있는 단계에 이르렀다. 물론 학원은 중지했고 그 후는 스스로 알아서 공부하였다. 이때에도 내 진정한 목적은 시험점수를 더 받기 위한 과외공부가 아니라 살아있는 언어로서 영어를 익히고, 배울 기회를 주어서 영어에 스스로 흥미를 갖도록 지원해주는 것이었다.

내가 유일하게 과외 금지 원칙을 깬 적이 한 번 있었다. 딸아이 혜영이가 고등학교 2학년 때 거의 두 달 동안 수학학원을 보내달라고 졸랐다. 때로는 굵은 눈물까지 펑펑 쏟으며 "공부하겠다고 하는데 아빠는 너무 한다."고 울며 매달렸다. 학원에 가야 하는 이유인즉, 통계와 삼각함수 등 몇 가지는 혼자 힘으로는 이해가 잘 안 되고, 학교 선생님을 맨날 쫓아다니며 물어보는 것도 한계가 있지 더 이상 못하겠다는 것이다. 그래도 허락해주지 않자 나중에는 딱 3개월만 다니면 될 것 같다고 제 엄마를 연일 조르고 설득하였다. 결국, 나도 집사람의 압력에 허락할 수밖에 없었다. 그것도 나의 과외 금지 원칙의 명분을 생각하여, 나 몰래 집사람이 보내주는 것으로 하였다.

결과는 성공적이었다. 딸아이는 수학 단과반에 5~6개월 다니더니, 어느 날 그만 다니겠다고 스스로 선언하였다. 말인즉, 덕분에 많이 도움이 되었고 모르던 부분도 이해했다고 한다. 이제는 학원을 더 다녀봤자 혼자 하는 것에 비해 좋을 게 없다고 생각한다면서, 심지어는 계속 학원에 다니는 것은 시간과 돈의 낭비로 보인다고까지 말하는 것이 아닌가. 나의 과외 무용(無用)론과 선행학습 무용론을 우리 딸은 잘 이해하고 지지해준 고마운 사례였다.

다시 말하자면 과외가 전혀 필요 없고, 효과가 없다는 말이 아니라, 학생 본인이 자기주도의 스스로 학습을 하는 과정에서 과외의 필요성을 느껴서 한다면, 이는 학습에 큰 도움이 될 것이다.

하지만 남들이 하니까, 부모가 시키니까, 하지 않으면 나만 뒤처지는 것 같아서, 공부하는 시간을 강제로 늘리기 위해서, 심지어는 학원에 보내지 않으면 공부를 하지 않으니까 등 이런 이유로 학원에 다닌다면 틀림없이 그 효과는 미미할 것이다. 아니 성적이 오르기는커녕 공부하는 시간만 엿가락처럼 늘리다 보니 집중을 지속할 수가 없게 된다. 결론은 안 하느니만도 못한 결과일 것이다. 또 장시간 재미없고 타율적인 입시 공부에 지치게 된다. 결국에는 공부를 하기 싫어하게 되고, 포기하게 되고, 억지로 공부를 해야 하는 상황에 대한 반발심만 키우는 부작용이 생기게 된다.

학생들의 선행(先行) 과외학습 정말 효과가 없다고 감히 얘기하고 싶다. 대체로 보자면, 밤에 귀가하여 늦게 자니, 잠자는 시간이 모자라게 되고, 아침부터 피곤한 몸을 이끌고 학교에 책가방을 들고 가서 별 볼 일 없는 공교육 후행(?)수업을 듣는다. 오후에 귀가해서는 학원 가방으로 바꾸어 들고 학원에 가서 한밤이 될 때까지 선행(?)학습을 하고 또 귀가하여 잠을 잔다. 결국, 온종일 학교로, 학원으로 선생님이 설명하고, 가르치는 것을 수동적으로 받아들이는 주입식 학습만 하다 볼일 다 보는 것이다.

똑똑한 사람은 하나를 가르치면 10개를 깨우친다는 옛말이 있지 않은가? 배운 것을 충분히 학습하여 내 것으로 만들어야 하나로 열을 깨우치는 폭넓은 응용이 가능한 것 아니겠는가? 소화할 시간도 주지 않고 일방적으로 쏟아붓는 지식이 어떻게 내 것이 된다는 말인가? 또 아침부터 밤까지 학교에서 학원에서 매일 공부만 하는 우리 학생들은 1년 365일 공부만 하는 기계란 말인가? 이렇게 내 것으로 소화는 못하며, 아까운 정력과 시간과 돈만 낭비하는 학습패턴을 몇 년씩 반복하다 보면 자기주도 학습능력은 완전히 퇴화하고 말 것이다.

학원에서 선행학습을 하니 학교수업은 했던 것을 또 하는 후행(?)학습이 되어 재미가 있을 리 없고, 이로 인해 공교육(公教育)은 더욱 죽을 쑤는 모습. 이런 모습은 한국에만 있는 왜곡된 모습이 아닐까? 초등학교부터 아니 유치원 시절부터 자아 형성도 제대로 안 된 아이들에게, 물거품 같은 부모의 욕심을 채우기 위해, 유행처럼 시키는 사교육은 가정의 문제를 넘어 우리 사회의 큰 문제로 대두한 지 오래다.

또 오로지 시험점수를 올리기 위해서, 입시를 앞두고는 시험 잘 치는 기술자로 만들기 위해서, 일명 족집게 과외까지 불사하는 사교육 공화국이 대한민국이다. 이렇게 극성스러운 사교육을 참고 견디며 밤 10~11시 넘어 정신과 몸이 파김치가 되어 귀가하는 우리 자녀들, 오로지 상위권 대학에 가는 것을 목표로 무한한 인내(忍耐)로 견디며 꽃 같은 성장기를 지옥같이 살아내야 하는 우리 불쌍한 청소년들.

사실 이 시기는 예민한 감수성을 바탕으로 무한한 상상력을 키우고, 장래의 희망과 꿈을 구체화하는 꽃다운 성장기(成長期)가 되어야 하는 것이다. 그런데 현실은 아름답기는 고사하고 인생에서 가장 암울한 시기가 되어버렸다.

사정이 이러하니 신문방송에서 연일 보도되는 바와 같이 우리 중·고등학생들의 겉으로 드러나는 학업 성취도는 세계적으로 최상위권을 기록할 정도로 높은데, 학업에 대한 흥미는 바닥권을 벗어나지 못하는 것이다. 학업 흥미도뿐인가? 삶의 만족도와 행복감은 그야말로 세계에서 유래를 찾기 어려울 정도로 낮은 수치로 나온다. 자살을 생각해본 학생들 비율도 충격적으로 높게 나온다 한다.

이러한 과잉 왜곡된 학습의 부작용으로, 대학부터 이루어지는 본격적인 학습경쟁에서는 다른 선진국에 비해 점점 뒤처지게 된다. 그렇게 성장하여 사회에 나와서는 전문성 있는 자신의 길을 개척하지 못하게 되는 것이다.

애써서 원하는 대학에 진학하더라도, 마치 인생의 최종 목표를 달성한 듯 허탈함에 빠져서 학업을 등한시하는 학생. 또는 원하는 곳보다 기대에 미치지 못하는 학교에 진학한 학생은 좌절감에 학업 흥미를 잃어버리고, 대충 졸업장만 받고 사회에 나와 방황하고, 경쟁력을 상실한 청년으로 몰락하는 모습들.

치열하고 왜곡된 교육열(教育熱)로 인해 일그러질 대로 일그러진 우리나라의 자녀교육의 민낯이 아닌가? 좀 심한 말일 수 있지만, 부모의 욕심과 사교육 시장의 이해관계가 맞아떨어진 심각한 부조리(不條理)의 결과가 아닐까?

아무튼, 우리 딸과 아들은 나의 무지막지한(?) 과외 금지 원칙을 정말 잘 따르고 버텨주었다. 우리 아이들은 과외가 없으니 학교 수업시간에 정신 차리고 집중해서 공부할 수밖에 없었다. 요즘 중·고교 교실에서 많은 아이들이 수업시간에 졸거나 부족한 잠을 자고, 아니면 선행학습 학원교재 등 다른 책을 펼쳐놓고 공부한다고 들었다. 우리 아이들은 이러한 삭막한 분위기의 교실에서도 학교수업에 귀를 쫑긋 세우고 집중해서 공부했다고 한다.

또 실제 공부를 하는 시간도 학원에 다니는 학생에 비하면 절반도 되지 않았을 듯싶다. 왜냐하면, 귀가하면 매일 피아노를 치거나 태권도를 해야 하고, 좋아하는 문학책도 보고, 저녁에는 좋아하는 TV 프로그램도 한두 편 보고, 또 일요일이면 교회에 빠지지 않고 다녔으니까. 방학 때는 거의 예외 없이 가족 모두가 며칠씩 여행도 가고, 고3 대학입시를 코앞에 두고도 교회학생부의 각종 프로그램에도 참여하며 지냈으니까. 한마디로 할 것 하며 비교적 여유롭게 공부하며 학창시절을 보냈다.

이처럼 쉬어가며 공부하고, 최소한이라도 여가시간을 갖고, 취미나 특기 활동 등 하고 싶은 것도 병행하며 공부를 하면 정녕 공부를 못할까? 아니다! 하고도 남는다고 생각한다. 어떻게 자고 먹는 시간 빼고 일 년 내내 공부만 하고 살 수 있겠는가? 가능하다고 주장하는 사람이 있다면, 그것은 무늬만 공부인 거짓 공부, 공부하는 체만 하고 있다는 말이다.

부모들이여! 거짓 공부의 유혹에 빠지지 말자. 자녀들을 믿고 스스로 공부할 수 있도록 신뢰와 성원을 보내주자. 세계적으로 보아도 두뇌가 우수한 우리 대한민국의 자녀들은 대부분 잘할 수 있다고 믿는다.

최소한 시켜서 수동적으로 하는 것보다는 좋은 결과를 만들어 낼 것이다. 백번 양보하여 공부나 입시에서 좋은 결과가 나오지 않는다 하여도 공부가 인생의 성패를 좌우하는 능사(能事)가 아닌 줄은 기성세대인 우리가 더 잘 알고 있지 아니한가?

나의 인생 경험으로 보면 공부와 시험성적에 목매지 않고, 남 보기에 삐딱해 보인 친구들이 사회에 나와서 성공한 경우가 훨씬 많다. 또 공부는 반강제로 부모가 시켜서 할지 몰라도, 자녀가 성인이 되어 사회에 나와서도, 부모가 자식을 대신해서 일해주고, 살아줄 수는 없지 않겠는가?

진짜 공부는 대학교부터다

주위에서 많이 들은 얘기인데 고3 어머니는 학생보다 더 심한 입시통을 앓는다고 한다. 수험생보다 더 긴장된 시간을 보내고, 육체적으로도 여기저기 아프고, 아이 뒷바라지에 이 눈치, 저 눈치 보느라 말도 크게 못한다. 입시를 코앞에 둔 1~2년은 입시생 돌보느라 여행도 가지 못하고, 아이들 성적표에 스트레스를 받고, 사는 게 사는 게 아닌 생활을 한다고 들었다.

그러면서도 자녀에게는 "대학에만 가면 하고 싶은 것 하고 실컷 놀 수 있으니까 조금만 참고 열심히 공부해!" 하며 자녀를 달래고 부추긴다. 이런 말을 당연한 듯이 하고 때로는 부모로서 자녀교육에 대한 자기 책임을 다했다는 듯이 자랑하며 말하기도 한다.

그러나 나는 이런 말을 도무지 이해할 수 없다. 내가 듣기에 이런 말은 마치 "나는 자녀교육 아니면 정말 할 일이 없어요. 나는 시간이 남아돌아요. 나는 내 귀여운 자식이 '스스로' 그렇게 어려운 공부를 하는 것을 참을 수가 없어요. 나는 자식이 스스로 공부하면 똑똑해질까 봐 내가 대신해줄 수밖에 없어요." 이렇게 들린다. 자녀를 바보로 무능력자로 만들기로 작정하였는가?

"대학에만 가면~, 조금만 참고 공부해." 이 말은 또한 본말(本末)이 완전히 바뀐 말로 보인다. 내 생각에 고등학교까지의 공부는 사회구성원으로서 살아가기 위한 의무교육인 것이다. 한마디로 한 사람의 민주시민으로 살기 위한 기초교육인 것이다.

우리가 '공부! 공부!' 하는 진짜 공부는 대학교부터이다. 나이가 들수록, 자아 정체성이 정립될수록, 또 몸이 성장하여 치열한 경쟁을 감당할 수 있는 체력이 될수록, 그리고 직업과 직장을 선택해야 하는 시기가 가까울수록, 더 열심히 공부해야 하는 것 아닌가?

왜 대학에 입학하면 한동안 놀아도 된다고 생각하는가? 또 공부는 본인을 위해 하는 것이지 남을 위해 하나? 아니면 부모를 위해서 하나? 제대로 된 학생이라면 대학에 가면 허송세월하며 놀 시간이 전혀 없어야 정상이라고 본다.

전인교육이란 말을 굳이 하지 않더라도, 초등학교 시절은 공부가 아니라 몸과 마음이 무럭무럭 자라게 하는 것이 교육목표가 되어야 한다. 중·고교 시절은 육체적인 성장과 함께 자아 형성, 자기 적성 파악, 인생의 꿈과 진로의 설정 등 성인이 되기 위한 기초적인 준비를 해야 한다고 생각한다.

대학을 가거나 직업인으로 사회에 나오면 이때부터는 정말 본격적으로 살기 위한 경쟁에 돌입하고, 궁극적인 자신의 꿈과 목표를 위해 노력해야 하는 것이다. 이것이 전인교육이 지향하는 시기별 교육목표가 아니겠는가? 요즘 유행하는 말대로 학생의 인권을 존중하는 모습이 아니겠는가?

그런데 대부분의 우리 자녀들의 모습은 어떠한가? 초등학교 전부터 긴 안목으로 보면 별 효과도 없고 부작용(?)만 키우는 영어, 수학, 예능, 체육 등 사교육을 시작하고, 중학교부터 특목고, 자사고, 일반고로 나뉘어 과목별 선행학습과 별 효과도 없이 시간만 죽이는 주입식 학습에 몰두하고 있다. 또한, 나중에 사회에서 일하고 살아가는 데 거의 도움이 되지 않는 시험점수 한 점 더 올리기 위해, 실수하지 않기를 가르치고 죽도록 외우는 죽은(?) 학습에 올인(All in)한다. 아니면 일찌감치 진학을 포기하고 공부를 포기하고 마치 인생의 낙오자처럼 사회에 불만을 키워가는 아이들도 널려있다.

세상의 모든 정보(데이터)가 손바닥의 휴대전화 안에 널려있는 이 시대에, 입시의 마지막 순간까지 지상목표인 대학입학을 위해 누가 실수하지 않고 해답을 잘 맞추나, 잘 버티나 시합을 한다. 참으로 웃을 수도 없는 대한민국 청소년의 일반적인 모습이며 동시에 왜곡된 교육정책의 현실이지 않은가?

우리 집 아이들은 대학교에 진학하여 고3 때 못지않게 열심히 공부했고, 2학년부터는 더욱더 성숙한 학구열(學究熱)로 공부하였다. 고학년으로 갈수록 구체적인 앞날의 꿈을 실현하기 위해 전공(專攻)공부에 매진하는 모습이었다.

또한, 나의 30년에 걸친 사회경험으로 보아도, 대학 시절을 알차게 열심히 공부한 학생들이 직장에서 환영받으며, 일도 잘하고 인기도 높았다. 대학에서 확실한 인생의 목표를 가지고 알차게 공부한 사람은 여러 가지가 다르다. 우선 전공지식이 튼튼하고, 주관이 뚜렷하고 추진력도 있고, 상상력과 창의력도 있어서 사회와 직장에서 커다란 성과를 만들어 낸다고 확신한다.

정말 길거리에 나가서라도 외치고 싶다.

"학부모 여러분! 진짜 공부는 대학교부터입니다. 그리고 초등학생, 중학생 시절은 그저 예민한 감수성을 키우고 재미와 호기심으로 가득한 아름다운 성장기가 되도록 공부로부터 해방시켜 자유를 줍시다."

인성과 잠재력 키우기

사회지도층으로 키우고 싶다면

리더의 경험은 또 어떠한가? 어떤 분야의 일이든지 그룹이나 조직의 리더를 해본다는 것은 정말 소중하고 귀한 경험이다. 리더를 해보면 얻을 수 있는 이점(利點)이 정말 많다. 열거해 보자면, 비록 아주 작은 소(小) 그룹일지라도 그룹 전체의 목적을 생각하게 되어 목표의식을 길러준다. 구성원의 협조와 각자의 능력을 어떻게 조직하고 이끌어낼지를 고민하게 되어, 전략적 사고력도 키울 수 있다. 또 어떤 일이든 있게 마련인, 난관과 장애(障碍)를 극복하고 실행을 해나가다 보면, 적극적인 추진력도 얻을 수 있다. 성패의 결과가 나오면 리더로서 자연스럽게 책임을 느끼게 된다. 또 모임을 주관(主管)하는 사람으로서, 주인의식과 자신의 존재에 대한 자존감(自尊感)도 얻게 되는 것이다.

리더의 경험을 많이 해본 사람은 벌써 행동이 보통사람과 다르다. 평생 사는 동안 시간과 장소를 막론하고, 어떠한 모임에서든 늘 적극적이며 긍정적으로 참여하게 된다. 적극적인 사람은 어떤 모임에서든 늘 앞줄에 앉는다. 무슨 일이든 자연스럽게 앞장서게 되는 것이다. 이러한 습관은 몸에 익숙해진 리더십이 되고, 결국에는 사회의 지도자로 성장할 수 있는 토대가 되는 것이다.

자녀를 장래에 사회지도층으로 키우고자 하는 부모라면, 최대한 빨리 자녀가 다양한 분야에서 리더의 역할을 해 볼 수 있도록 유도해주고, 도와주어야 할 것이다. 긴 인생에서 보면, 그다지 큰 비중을 차지하지도 않을 대학입학시험 점수 올리기 같은 죽은 공부에만 관심을 기울일 일이 아니다.

자녀에게 공부하기를 강요하며, 학교로 학원으로, '다람쥐 쳇바퀴 돌리듯' 책가방만 들고 왔다 갔다 하게 하지 말아야 한다. 정말 불행하게도, 많은 우리 부모들이 자식들이 어릴 때부터 공부 잘하기를 강요하고 있다.

그런 강요는 결국, 자녀들에게 공부에 대한 자신의 생각과 목표와 의지를 스스로 만들어 볼 기회조차 허용하지 않고 있다. 오로지 주입식 학습에 길들여진 수동(受動)적인, 시험 잘 치는, 실수를 적게 하는 기계로 키우고 있지 않은지 걱정이다.

주입식 교육의 폐단은 널리 알려져 있다. 많은 교육 전문가는 지금도 그렇지만 미래에는 더더욱 주입식 교육이 그 효용성을 잃었다고 경고한 지 오래다. 주입식 학습은 제발 그만하고, 이제는 학교나 학교 바깥에서 각종 취미, 체육, 문화, 동아리 활동이나 사회봉사단체의 활동에 적극적으로 참여하게 해주어야 한다. 우리 집 아이들처럼 교회를 다니며 종교활동에 참여해도 좋고, 다양한 분야의 다양한 모임에 참여하도록 격려해주고, 리더 역할을 적극적으로 해볼 수 있도록 격려하고 도와주어야 한다.

부모들 스스로 자신의 어린 시절과 학생 시절을 돌이켜 보라. 학교나 학원에서 시험점수를 잘 받기 위해, 밤을 새우며 익힌 숫자나 단편적인 암기 지식이 사회와 직장에서 살아가는 데에 꼭 필요한 것이던가? 시험공부 한 것이 직장이나 사회에서 일하는 데 실질적으로 활용되고 많은 도움이 되었는가?

백번 양보하여, 공부 외에 다양한 활동과 체험을 하다 보니 공부할 시간이 부족해서 시험점수 좀 손해 보았다고 치자. 그러면 이렇게 시험점수 손해 본 것이 성인이 된 이후 인생살이에 지장을 초래한다고 생각하는가? 아닐 것이다. 길게 보면 다양한 활동과 리더의 경험이 오히려 사회에서 큰 인물로 성장할 수 있는 잠재력을 길러주었을 것이다. 어려움을 극복하고 헤쳐나갈 능력이 생겨서 성공적인 인생을 살아가는 데 큰 도움이 될 것이다.

내 경우도 어려서 워낙 내성적인 성격 탓에 고등학교까지 리더를 해본 경험이 없다. 리더의 경험으로서 기억나는 것은 다 성장한 한참 뒤, 대학교 졸업 때쯤 교회에서 청년부 회장을 해본 것이 최초이다. 그때 내가 다닌 청년부는 20여 명이 겨우 모이는 회합이었다. 나는 조직적으로 청년부를 부흥시키고자 노력했었다. 다양한 행사와 프로그램을 도입하여 모임을 활성화하였다. 결국에는 참여하는 인원을 거의 배가(倍加)시켰고, 질적으로도 훨씬 성숙한 프로그램을 실행하는 등 성과를 거둔 경험이 있다. 그때는 내가 막 사회에 진출한 신입사원 시절이라 매우 바쁘고 시간을 내기 힘들었다. 그래서 나 대신 각 부문을 맡아 일을 추진할 후배들을 설득하고, 조직하고, 훈련시키는 것을 목표로 삼았다. 이를 잘 수행한 결과, 교회에서 여러모로 칭찬받고, 교회 내에서 한층 위상이 높아진 청년 모임을 만들 수 있었다.

이때의 경험이 소극적이고 수동적인 나의 성격조차 적극적인 성격으로 바꿀 수 있게 하였다. 또한, 수십 수백 명의 어른들이 모인 회합에서 강단에도 서보는 훌륭한(?) 경험도 하게 되었다. 이후 직장에서나 사회에서 대중 앞에 서는 데 당황하지 않게 되었고, 매사 조직활동에 앞장서 일하는 데 익숙하게 되었다. 또 무슨 일이든 마음먹은 일은 해낼 수 있다는 자신감도 생겨, 사회생활에 큰 도움이 되었다. 비슷한 시기에 대학 동아리 활동에 적극적으로 참여한 경험들도 오늘날까지 직장 생활을 할 때나 이후 내 사업체를 운영하는 데에도 많은 도움이 되었다.

자율의 중요성 - 하나

요즈음 나는 거의 매 주말 등산을 한다. 주로 근교 등산이지만 가끔은 전국 명산목록을 뽑아놓고 원행도 하는 등 등산하는 재미에 푹 빠져있다. 비교적 높고 험한 산을 오를 때 늘 느끼는 것이 있다. 산행친구들과 "누가 돈 주고 시키면 이렇게 힘들게 올라오겠는가?" 하는 대화를 하며 서로 바라보고 웃는 일이 많다. 높고 험한 산에 오르려면 당연히 힘이 들고, 숨이 턱에 차고, 땀을 비 오듯 흘리며, 다리에 쥐까지 나면서도, 산이 좋아 스스로 애써 오르는 것이다.

자녀교육도 등산의 이러한 과정과 비교할 수 있다. 아무리 목적이 좋아도 강제로 시켜서 잘되는 일은 단언하건대 없다고 본다. 공부든, 취미든, 특기든, 일이든 강제로 시켜서 하도록 하는 것은 하책(下策) 중에 하책이다. 자연스럽게, 또 자율적으로 스스로 내켜서 하도록 유도해야 한다. 자식이 아무리 어려도 한 사람의 인격체이고, 호(好), 불호(不好)가 있는 인간인 것이다. 내키지 않는 것을 강제로 시켜서 될 일이 아니다.

반강제로 시켜서 하게 하면 두 가지 반응이 나오게 되어있다. 하나는 계속되는 반복된 학습효과에 의해서 피동(被動)적인 사람이 되는 것이다. 다른 하나는 싫은 나머지 반발하여 엉뚱한 행동을 하는 것이다. 어떤 경우든 바람직하지 않은 것은 물어보나 마나이다. 자녀가 이렇게 되기를 원하는가? 답은 자명하다. 스스로 하게 하자.

우리 집은 아이들이 어려서부터 자기 일은 자기가 스스로 결정하도록 기회를 주었다.

예를 들어 아기 때부터 걷다 넘어져도 본인이 털고 일어나기를 기다렸다. 일으켜주지 않고 기다리는 것이다. 눈치를 보다 일어나면 그때 대견하다고 칭찬해주었다. 또 가게에서 과자를 사줄 때도 본인이 고르도록 선택권을 주고 지켜보는 편이었다.

아이들이 커서 어느 정도 자의식이 싹튼 이후에는 옷이나 신발, 책가방을 사줄 때도 경제 형편과 예산의 범위에 대해 미리 설명하고, 그 안에서 본인이 선택하도록 하였다. 실제로 우리 아이들이 중학교 때에 당시 유행하는 유명 외래 스포츠 상표의 신발이나 가방을 사달라고 많이 졸랐다. 내 경제 형편에는 너무 비싼 가격이라서 갈등을 겪기도 하였다. 당시 분당에 사는 학생들 사이에서 안 사면 안 될 정도로 유명세를 떨치는 상품이 있었다. 그래도 우리 집에서는 사전에 합의된 예산범위를 벗어나면 절대로 사주지 않았다. 오로지 예산범위 안에서만 선택할 수 있도록 하였다. 결국에는 대부분의 아이들이 극도로 싫어하는 평범(?)하고, 저렴하고, 질 좋은 국산 상표의 상품을 살 수밖에 없었다. 그것도 할인매장에 가서….

사소하게는 취미나 여가활동을 결정할 때에도 그렇고, 상대적으로 인생의 큰 문제, 즉 진학, 진로, 전공 등을 결정할 때에도 본인이 결정하도록 하였다. 나는 부모로서, 인생 선배로서, 자문해주는 조언자의 위치에 머물렀다. "이거 해라, 저거 해라." 하고 결정해주거나 명령한 기억이 별로 없다.

또 자식에게 심부름을 시킨 기억도 없다. 내가 어렸을 때는 부모님이 시켜서 자질구레한 심부름을 정말 많이 해야 했다. 그때 심부름이 정말 싫었다. 느낌으로는 거의 매일 심부름을 한 것 같다. 대표적인 것만 꼽아 봐도 '미원 사와라. 설탕 사와라. 두부 한 모 사와라. 콩나물 사와라. 돼지고기 한 근 사와라. 막걸리 받아와라. 여름이면 얼음 사와라(그때는 냉장고 있는 집이 거의 없었다). 국수 사와라.' 나중에 라면이 나와서는 '라면 사와라. 연탄 갈아라. 요강 비워라.' 심지어는 동네 아줌마가 자기 집에 가서 '나 없다 그래라!' 하는 심부름까지 참 많은 심부름을 했던 기억이 난다. 내가 겪어서 정말 싫었던 것을 자식에게 시킬 수는 없었다. 무슨 거창하고, 훌륭한 자녀교육의 원칙을 생각하고 정해서가 아니고….

한 마디로 우리 집은 어른이든 아이이든 자기 일은 자기가 해야 한다. 비록 어릴지라도. 피치 못할 상황으로 심부름을 시켜야 한다면, 자식에게라도 이유를 설명하고, 좀 도와 달라고 부탁해야 하는 분위기였다.

'자율'이란 자녀양육에 정말 중요하다.

사정이 이러하니, 우리 집 아이들은 자기가 하고 싶은 일이 있으면, 먼저 나나 집사람을 설득하려고 달려들었다. 왜 해야 하는지, 어떻게 할 것인지 미리 분석하고 계획을 세워야 했다. 이렇게 스스로 생각하고 준비하여 실행하게 되면, 시켜서 하는 것과는 그 성과에 있어 큰 차이를 보이게 마련이다. 스스로 강한 책임감(責任感)과 적극성을 가지고 하게 되기 때문이다.

요즘, 자녀의 일상생활이나 학업이나 무조건 엄마가 앞장서고, 다 큰 자식은 수동적으로 엄마 눈치를 보며 시키는 대로 하기에 급급한 시대상과는 차이가 크다. 소위 '마마보이'가 생각보다 많다고 걱정하는 말이 많다. 이런 자녀의 모습은 우리 집에서는 상상할 수도 없다. 요즘 경제적 풍요 속에 부모가 과잉보호(過剩保護)를 하며 자녀를 온실 속 화초처럼 양육하는 모습도 나로서는 도무지 이해가 되지 않는다.

어른이 되어서도 개성도 없고, 주관(主觀)도 없고, 추진력도 없어서 약해 빠진 애어른(?)의 모습들. 이런 모습은 정말 우리 집 자식들과는 거리가 멀다. 굳이 비유하자면, 우리 집 아이들은 온실 속의 화초가 아니라 들판의 잡초 같다. 독립심 있고, 자기 일은 자기가 결정하고 자기가 실행한다. 물론 책임도 자기가 진다. 이렇게 자율을 강조한 이유는 어디 가서도 자기 몫은 해내는 강한 사람으로 키우고 싶었기 때문이다.

또 스스로 판단하고 도전하였다가 실패(失敗)를 할 경우에도, '자율'은 큰 혜택을 준다. 주관을 갖고 도전하고 실행해본 경험은 비록 실패했을지라도, 그 경험이 밑거름이 되어 다음번에는 성공할 확률을 훨씬 높여주게 되는 것이다. 말 그대로 실패는 성공의 어머니인 것이다.

자녀로 하여금 자율(自律)로 생활하게 하자. 실패하면 어떠한가! 실패를 해보아야 더 큰 성공에 도전할 수 있을 것 아닌가?

요즘 자녀들의 입시 공부는 엄마가 좌지우지한다고 들었다. 과목별로 오늘 무엇을 배웠고, 무엇은 별 필요 없고 등 구체적인 학습 내용과 진도는 물론이고, 학교와 학원의 교과과정의 장단점과 가르치는 선생님들의 선택까지 엄마들이 할 정도로 엄마들의 목소리가 크다고 들었다. 그러나 나는 이러한 이야기가 일부 학부모에 국한된 이야기라고 믿고 싶다.

어떤 중산층 전업 주부가 언제부터인지 자기 삶의 목적이 오로지 자녀교육에 있다고 자랑하듯이 나에게 얘기하기도 하였다. 이 주부의 일상은 자신의 인생을 위해 쓰는 시간은 없고, 하루 일정의 대부분을 자녀를 공부시키기 위해서 짜여 있다. 밤늦게까지 자녀를 직접 학교로, 학원으로 데려가고 데려온다. 심지어는 자녀의 공부에 도움을 주기 위해 실제로 자녀와 똑같은 내용을 공부하는 엄마가 있다는 얘기까지 들었다.

정말 가슴이 답답해진다. 도대체 부모가 자식을 대신하여 살 것도 아닌데 자녀의 인생에 언제까지 감 놔라 배 놔라 하려는지. 또 부모가 아이들 머릿속에 들어갔다 나온 것도 아닌데, 개인적으로 천차만별이고, 어렵고 복잡하고 장기간에 걸친 공부의 장단점, 부족한 점, 필요한 점, 보충해야 할 점 등을 부모가 어떻게 다 파악한다는 건지. 정말 이해가 되지 않는다.

어떻게 해야 공부를 더 잘할 수 있는지는 상식적으로 생각해도 학생 본인이 제일 잘 아는 것 아닌가? 더욱이 공부나 입시나 진로에 대해 자녀들이 무엇이 필요한지. 어떻게 해야 도움이 되는지. 뭐 이런 주제에 대해서 부모와 자식 간에 기본적인 의사소통도 제대로 못하면서 자녀를 위해 열심히 뛰고 베풀기만 하면 되는가?

부모나 그 자식이나 처음부터 자기 자신을 위해 살지 못하고, 서로 잘못되고 어긋난 방향으로 자녀교육에 귀한 시간과 정열과 돈을 쏟아붓는다. 그럼으로써 자식 스스로 문제를 해결하려고 시도할 기회조차 갖지 못하게 하는 것이다.

자녀들이 자립심과 독립심 같은 중요한 인생의 지혜와 덕목은 도대체 언제 키우라는 것인가. 참으로 안타까운 현상이다 요즘 많이 인용되는 애플의 창업자 스티브 잡스. 그가 이 시대의 아이콘으로 상징하는 개성과 창의성(創意性)을 생각해 보자. 우리의 자녀교육 모습과 대비하여 냉정하게 생각해 보자. 이미 만성적으로 사회문제화된 과잉 사교육. 자기주도 학습은 완전 실종 상태이고, 개성과 창의성을 기를 수 있는 상향식 또는 토론식 수업은 찾아보기 어려운 학교와 학원의 주입식 수업. 사교육 과잉으로 인해 절대적으로 부족한 자기 스스로 학습시간.

그것뿐인가? 대다수의 청소년이 잘하지 못하는, 또 잘할 수도 없는 공부에만 몰아넣는 풍조. 부모의 과잉보호와 과잉기대. 이러한 환경에서 창의성과 개성이 싹트고 자라겠는가?

재능과 잠재력이 있는 아이들조차, 능력을 개발하지 못하게, 부모와 사회가 원천봉쇄(封鎖)하는 느낌이다. 개성과 창의성은 주입식으로, 획일화된 교육으로 다른 사람이 줄 수 있는 것이 아니다. 본인 스스로 생각하고 도전하고 실천하는 '자율(自律)'에서 개성과 창의성이 싹이 트고 자란다고 나는 굳게 믿는다.

미국 유수의 대학과 대학원에서, 머리가 우수하고 시험성적도 최상위권인 한국의 많은 유학생이 학업에서 제일 곤란을 겪는 문제가 토론식 수업이라고 들었다. 많은 시간을 공부하지만, 이미 생명력을 상실한 모범 답만을 잘 알면 무슨 소용이 있는가? 책에 있는 지식을 달달 외우고 익혀서 알면 무엇하는가? 그것은 이미 다른 사람이 연구하고 정립해 놓은 과거의 것이 아닌가? 중요한 것은 닥쳐오는 미래이다. 그 후에, 그래서 어떻게 하자고 하는 건지, 내 생각을 설계하고 개진할 줄 알아야 하는 것이다. 이해하고 공부한 것을 바탕으로 나만의 의견(개성)이나 더 진전된 것(창의성)을 연구하고 발표해야 내가 발전하고 이 세상이 발전하지 않겠는가?

간혹 우리 딸, 아들의 비교적 성공적인 진학 결과에 빗대서, 나나 집사람이 요즘 강남 엄마처럼 극성(?)으로 뒷바라지했으면 아이들이 모두 서울대를 가지 않았겠냐고 말하는 사람이 있다.

No! 아니다! 여러 번 생각해 보았으나, 정호의 경우 그리하였다면 서울대는커녕 서울에 있는 대학에 가기도 쉽지 않았겠다고 생각한다. 왜냐하면, 정호는 시켜서 공부하는 스타일이 아닌 줄을 지금은 더 확실하게 알게 되었기 때문이다. 좋은 대학이나 학업성취는커녕, 한 명의 성숙한 사회구성원으로 성장하는 것만 해도 힘들지 않았을까 싶다. 더구나 박사과정에 있는 지금도, 계속해서 좀 더 진취적인 인생의 꿈을 이루기 위해 매진하는 모습은 더더욱 상상할 수 없을 것 같다.

부모들이여! 자녀교육을 단기적이며 근시안적으로 보지 말자. 자녀들의 먼 미래(未來)를 내다보고 자녀교육과 양육에서 '자율'의 중요성을 인식하여 자율의 토대 위에서 성장하도록 도와주자.

자율의 중요성 - 둘

아들이 장가를 가겠다고 드디어 며느리 될 규수를 정식으로 선보이려고 집에 데려온 날이었다. 같이 저녁을 먹다가 나눈 대화를 소개하고 싶다.

이런저런 살아온 이야기를 하던 중, 아들 정호에게 "너는 언제부터 공부하기로 마음먹었는가? 어떤 계기가 있었는가?" 하고 물은 적이 있다. 아들의 대답은 중학교 2학년 어느 날 자신의 시험성적표를 받아 들고 "'아! 한심하다. 이렇게 가다가는 낙오자가 되겠구나' 하는 자각(自覺)이 들었고, 이때부터 공부에 관심을 가지게 되었다."고 하였다.

결국, 스스로 해야겠다는 자각이 진정한 공부의 출발점임을 다시 확인하게 되었다.

정호는 앞서 얘기한 바와 같이 90년대 우리 집의 형편상 유치원도 보내지 못했다. 정호의 초등학생 시절은 당시 우유 광고에 나오는 말처럼 '개구쟁이라도 좋다. 튼튼하게만 자라다오'가 딱 맞는 말이었다. 공부는 일절 강요하거나 시킨 적이 없다. 학교 갔다가 오면 유일하게 1학년부터 다닌 태권도장에 다녀오고, 그 후는 그냥 놀며 자유롭게 지냈다. 동네에 방과 후 같이 놀 친구가 없어서, 무료하고 심심해서 몸을 배배 꼬을 정도로…. 대부분의 정호 친구들이 최소 두세 군데까지 학원에 다녔기에 낮에 같이 놀 친구가 별로 없었던 것이다.

초등학교 입학 때 한글도 제대로 모르고 입학했고, 중학교 성적은 반에서도 중하위권이었지만, 시험성적에 별로 신경 쓰지 않고 지냈다. 당시 아들은 체격이 왜소하고, 바짝 마른 몸과 만성적인 편도선염을 앓고 있었고 환절기마다 감기를 달고 살았을 만큼 몸이 약했다. 부모된 입장에서 건강한 몸이 우선이라고 생각했던 것 같다.

앞에서 이미 소개한 대로 공부에는 정말 무심했던 아들이 스스로 공부해야겠다고 마음을 먹고 나서는, 하루하루 달라져서 마치 사다리를 오르듯 상급학교로 진학할 때마다 점프를 거듭하여 UC버클리 공학박사 과정에 풀펀딩(학비 및 기본 생활비까지 모두 지원받는 것)까지 받고 유학을 가기에 이른 것이다.

다시 말하지만 다른 집 아이들 많이 하는 것처럼 '학교로, 학원으로 시험공부 하러 다람쥐 쳇바퀴 돌 듯' 했다면 십중팔구 오늘날의 정호는 유학은커녕 취업도 힘겨워하는 처지가 되지 않았을까 생각해본다.

중요한 것은 부모는 자녀들이 초, 중, 고, 대학을 통틀어 성장기에 자기를 성찰할 기회와 시간을 충분히 가질 수 있도록 여유를 주어야 한다는 점이다. 공부와 인생의 큰 전기가 될 수 있는 스스로 깨우칠 기회를….

호신술 한 가지

내가 성장기에 겪은 뼈아픈 이야기부터 하겠다. 나는 중·고등학생 때까지 키는 컸지만, 몸이 약하고, 삐쩍 말랐고, 운동신경도 형편없어서 상당한 신체적 열등감에 시달렸다. 팔목이 너무 가늘어서 이를 가리려고 여름에도 긴 소매 옷을 입고 다닐 정도였다. 힘세고 불량한 친구한테 말도 안 되는 트집이 잡혀 여러 차례 얻어맞기도 하였다. 어른이 되고 보니 시쳇말로 왜 그렇게 '깡'이 없었는지 후회막급이다. 한때는 학교폭력이 두려워 학교에 가기 싫은 적도 있었으며, 열등감에 치를 떨기도 하였다.

오죽하면 고2 때 이런 신체적 나약함에서 벗어나고자 어머니를 졸라서 서울에 한 육체미도장, 지금 말하자면 피트니스 센터에 등록했었다. 무리인 줄 알면서도 단시간에 힘을 기르기 위해 팔이 아파서 들지도 못하고, 무릎이 구부러지지 않아 화장실에 가서 [illegible] 만큼 열심히 웨이트 트레이닝을 하기도 했었다. 이런 노력으로 힘이 생기고, 체력이 많이 나아져서 대학에 가서는 제

력적인 열등감에서 확실히 벗어 날 수 있었다.

나의 성장기의 이런 아픈 경험이 내 아이들에게 대물림되지 않게 하려고 나는 결혼 전부터 아이를 낳으면 일인일기(一人一技)의 호신술(護身術)을 가르치기로 마음먹었다.

불행하게도 부전자전인지, 아들 정호도 내내 몸이 약하고, 잔병치레를 자주 하며, 편식도 심하고, 키도 작고, 야윈 편이었다. 중학교까지 반에서 키순으로 번호가 4, 5번 이내에 들 정도로 작고 약했다. 나의 어릴 적 경험을 비추어보면, 우리 아들은 공부를 잘하고 잘하지 못하고, 장기적으로 뭐 인생의 성취, 이런 것이 문제가 아니었다. 정작 나의 걱정은 '한 사람의 사내로서 이 험한 세상을 잘 감당해내고 살아갈 수 있을까?'이었다. 이렇게 키가 작고 쇠약(衰弱)한 아들이 어느덧 학교에 갈 7살이 되었다. 심히 걱정되지 않을 수 없었다.

그러던 어느 날 나는 결심을 하고, 온갖 회유(懷柔)로 정호를 제 누나와 함께 태권도장에 데려갔다. 태권도가 싫다며 수십 차례 울며 안 가겠다는 정호를 수도 없이 어르고 달래고 하여 겨우겨우 도장에 보냈다. 심지어는 태권도장에 우는 아이를 안고 가서 내동댕이 치고, 뒤도 안 돌아보고 집에 온 적도 있었다. 지성이면 감천인지, 그렇게 6개월쯤 지나자 정호는 습관처럼 도장에 다니기 시작하였다. 흥미가 생겼는지 아니면 사범의 칭찬에 신이 났는지 모르겠지만. 그 전까지는 매일 태권도장에 보내기 위해 정호와 전쟁을 치러야 했었다. 오죽하면 '학교는 안 가도 되지만 도장에는 가야 한다'고 강력하게 종용을 했을까.

딸 혜영이는 몇 개월 다니더니 마찬가지로 눈물을 보이며 가기 싫다고 하였다. 여자아이라서 차마 밀어붙이지 못하고 중단하였다. 다행히 혜영이는 어려서부터 발육상태가 좋아 또래 아이들보다 머리 하나가 더 있을 만큼 큰 키에 건강하여서 신체적으로 약점이 별로 없어 보였다.

아무튼, 아들 정호는 이후 태권도에 완전히 정착하여 중·고교 시절을 지나 군대복무와 대학 3학년 복학해서까지 태권도를 계속하여 4단으로 승단하고 사범 자격을 획득하였다.

정호의 태권도와 관련된 에피소드 두 가지.

고등학교 2학년 2학기 중간고사 시험 기간 중에 여느 때와 같이 태권도장을 다녀오던 정호(도복 차림)와 우연히 마주친 담임선생님이 "아니, 너 지금 뭐 하는 거야! 이 자식이 정신이 있나 없나?" 하고 야단을 치더니 급기야 우리 집에 전화하셨다. 집사람이 받으니 "아니, 애가 지금이 어느 때인데 공부 안 하고 놀러 다니는가? 내신성적이 얼마나 중요하고, 이번 시험이 얼마나 중요하고…(중략)…. 이 중요한 시기에 애가 태권도복을 입고 어슬렁거리고 하라는 공부는 안 하고…." 하시며 크게 걱정하셨다. 집사람 대답은 "아! 네에~ 그래도 태권도장에는 가야 하는데요!" 였다. 사정을 모르는 선생님이 그 말에 기가 막혀 어안이 벙벙하였을 모습을 상상하면 지금도 웃음이 나온다.

에피소드 한 가지 더 소개하겠다. 중학교 때 아들이 왜소하고 내성적인 모습에 말수가 적은 아이라서 그런지 한 친구가 여러 차례 괴롭혔다고 한다. 어느 날 몇 차례 경고에도 자꾸 찌르고 괴롭히는 아이를 수업 중에 벌떡 일어나 멋진(?) 뒤돌려차기로 차버려 아이가 꽤 큰 부상을 당하였다. 그 아이 학부모가 항의하고 난리가 났었다. 다행히 아들이 괴롭힘을 당한 사실이 확인되어서인지 경고 정도로 서로 화해하고 무마된 적이 있었다.

자초지종을 들은 나는 아들에게 태권도를 가르친 보람(?)에 속으로 흐뭇하였고, 내 자녀교육의 원칙 한 가지에 지금도 자부심을 느낀다. 어릴 때부터 공부도 중요하지만, 자신의 건강과 자존심을 지키기 위해서라도 호신술로 무도(武道) 한 가지는 해야 한다는 것을!

아무튼, 정호는 이때의 발차기 소동으로 학교에서 유명해졌고, 이후 아무도 정호를 업신여기는 아이가 없었다고 한다. 요즘 큰 사회문제가 되는 왕따나 학교폭력에서 자유롭게 중·고등학교 학창시절을 잘 지낼 수 있었다. 대인관계에서의 자신감과 체력과 건강상의 혜택은 두 말할 필요도 없고.

악기 한 가지

문화적으로 삶의 풍요로움과 아름다움을 즐기고 살려면 악기 하나쯤은 다룰 줄 알아야 한다는 것이 또 하나의 내 자녀교육에 대한 소신이다.

호신술 외에 또 다른 일인일기(一人一技)다. 딸아이는 초등학교 초부터 고등학교 2학년 말까지 피아노 학원에 다녔다. 물론 본인이 원하고 즐겨 하기도 해서 취미로 피아노를 쳤다. 고등학교 2학년 때 피아노 선생님이 전공할 것이 아니면 더 가르칠 게 없다고 하여 교습을 중단했다. 사회에 진출한 후에도 재즈 피아노를 배워서 즐기고, 교회에서 반주도 하며 취미로서 음악을 가까이 하고 산다. 아름다운 음악을 즐길 줄 모르고 인생을 산다는 것은 얼마나 삭막한가.

둘째인 아들은 중 3학년이던 어느 날 무슨 자극을 받았는지 기타를 배우겠다고 하였다. 기타 학원에도 다니고, 교회 선배에게 열심히 배우더니 교회의 학생 합창단과 밴드 모임에 들어가서 베이스기타를 연주하였다.

교회 행사에 스포트라이트를 받으며 전자피아노와 베이스기타를 연주하는 딸과 아들의 모습을 보면 일인일기라는 나의 자녀교육 방침에 다시 한 번 자부심을 갖게 되고 가슴 뿌듯한 행복감을 느낀다.

인생을 사람답게 살기 위해서는 악기 한 가지, 무도(武道)나 운동 한 가지, 기본적으로 수영(水泳)과 사교댄스까지는 할 줄 알아야 한다는 것이 나의 지론이다. 이는 봉급생활로 빠듯한 경제 형편일 때나, 나중에 조금 여유가 생겼을 때나 일관된 나의 소신이었다.

나 자신이 6·25 전쟁 후 태어난 베이비붐 세대이고, 먹고 사는 것이 힘들던 60년대와 개발연대인 70년대를 학생으로 지냈다. 이제 기성세대가 되어서 뒤돌아보니 척박한 환경에서 정신없이 살아내고, 또 잘살고자 애쓰고, 열중하며, 변변한 취미 하나 건사하지 못하고 살아온 세월이 안타깝기도 하고 아쉽기도 하다.

이런 내 삶의 아쉬웠던 부분을 자식들에게 대물림하면 되겠는가? 더욱이 풍요롭고 다채롭고 재미있고, 온 지구촌이 한 가족인 이 시대에 말이다. 세계 구석구석을 마음대로 다닐 수 있고, 세계화된 시각을 가지고 살아야 하는 이즈음에 말이다.

긴 인생길에서 보면 그다지 큰 비중을 차지하지도 않을 그놈의 대학입시에 내몰리는 아이들. 꽃다운 영혼이 피기도 전에 퇴색되어 시드는 아이들을 보면 정말 가슴이 아프다. 인생의 행복이 결코 입시공부와 시험성적과 외관상 보이는 겉모습과 돈만 쳐다보고 뛰는 경제적인 성공에 있는 것이 아닌데.

우리의 자녀를 다양한 문화를 접하고 즐길 줄 아는 멋진 지구촌 인류의 한 사람으로 키워야 하지 않겠는가?

독서의 중요성

이 부분은 우리 딸아이의 얘기이다. 고슴도치도 자기 자식은 예쁘다지만 혜영이는 우리 집의 첫아기라서 그런지 정말 예뻤다. 할아버지, 할머니의 사랑뿐만 아니라 내 동생, 그러니까 삼촌들도 서로 데리고 다니려고 일찍 귀가할 정도로 귀여움과 사랑을 많이 받았다. 그런 넘치는 사랑 덕분인지 원만한 성격으로 건강하게 성장하였고, 하는 일마다 잘 풀려서 자신의 뜻대로 인생의 꿈을 펼치며 살고 있다.

당시 전업주부이던 아내는 혜영이가 아장아장 걸을 때부터 아이를 앞에 앉히고, 그림동화 책을 읽어 주곤 했다. 사회 초년생인 내 경제 형편을 의식해서 나에게 말도 못하고 생활비를 아껴, 전집 동화책을 여러 질 사서 틈만 나면 책을 읽어 주었다고 한다. 나도 퇴근해서 집에 오면 딸아이와 레고블록 쌓기를 하며 재미있게 놀았던 기억이 많다. 아무튼, 동화책의 영향 때문인지 딸아이는 5살쯤에 한글은 저절로 깨우쳤고, 이후부터는 본격적인 독서에 들어갔다.

아이들이 독서에 대한 열의가 있다면, 부모로서 당연히 쌍수를 들어 환영할 만한 일이겠지만 초등학교 고학년쯤 되니 돈이 없어 더 이상 책을 사주기도 버거울 정도였다. 그래서 책을 더 이상 사지 못하게 구입 금지 조치(?)를 내린 바 있다. 그때부터 이웃집에 있는 책이란 책은 모두 빌려다 보았다. 어쩌다 친구나 친지의 집을 방문하게 되면 읽을 만한 책이 있는지부터 살펴야 했다. 나중에는 학교 도서관뿐만 아니라 공공도서관을 제집 드나들 듯 다니며 빌려보았다.

어느덧 한국문학 전집, 세계문학 전집 등 웬만한 책은 다 읽어서 더 읽을 것이 없어 성인용이며 전문적인 내용을 다루는 책까지 넘나들며 독서를 하였고, 그도 모자라 백과사전과 같은 방대한 책까지 보고 또 보고. 아무튼, 책을 좋아하고 다독을 하였다.

자식 자랑 같아 매우 송구하지만, 혜영이는 방대한 독서량 때문인지 사고(思考)의 폭과 깊이가 정말 넓고 깊다. 기획력이 뛰어나고 글도 명쾌하게 요점을 파악해서 잘 쓴다. 글의 구성과 표현력도 뛰어나다.

어려서는 잘 몰랐는데 대학입시에서 논술도 잘하고 전국 경영대학 동아리 대회에 참가하여 입상도 하였다. 삼성그룹 계열사의 하계방학 해외 유급인턴사원 모집에 응모, 합격하여 말레이시아,

싱가포르를 다녀왔고, 교환학생으로 프랑스에 한 학기 유학하기도 했으며, 취직을 위한 입사시험에서도 좋은 성과를 거두었다. 입사 응모 신청서를 보면 자신의 장점, 경력과 포부를 그렇게 잘 표현할 수가 없다. 인턴을 다녀와 작성한 보고서를 보고 제 엄마는 자기 딸이 그렇게 잘났는지 이전에 미처 몰랐다고 여러 번 얘기할 정도였다. 기획력과 글솜씨가 좋은 것은 확실하게 독서의 힘인 것 같다.

딸이 대학교 2학년 때 용돈을 벌기 위해 과외 아르바이트 광고문-아파트 게시판에 연 모양으로 연락처를 찢어가도록 만든 광고지-을 만들어 바로 이웃 아파트에 10여 장을 게시한 적이 있었다. 하루 만에 몇 집에서 교습을 희망해서 바로 마감한 적이 있다. 아무 연고도 없이 단지 광고전단 한 장을 보고, 여러 집에서 바로 연락이 올 만큼 불과 몇 줄로 자신을 잘 표현하고 드러낸 탁월한 솜씨였다. 이렇게 여러 가지 조건과 상황을 잘 파악하는 능력, 감춰져 있는 내면을 읽어내는 이해력과 상대방을 설득하는 능력은 아무리 생각해도 공부가 아니라 풍부한 독서에서 나온 것이라고 생각한다.

딸아이는 다독(多讀)뿐 아니라 속독(速讀)에도 일가견이 있다. 내가 꼬박 하루, 이틀 걸려 읽은 책을 2~3시간에 다 읽어내는 아이이다. 고2 때 수학학원 몇 개월 다닌 것 외에 특별한 과외 한 번 하지 않았는데, 항상 상위권의 학업성적을 기록한 것과 절대적인 공부시간도 다른 아이들과 비교해 적었지만 학습량이 충분했던 것은 속독을 잘한 결과라 생각한다.

아무튼, 순탄하게 공부하여 성남 분당의 인문 고등학교 중에 탁월한 진학성적을 거둔 서현고를 나와 고려대 경영대학을 다녔다. 졸업 후 당시 인기 절정이던 자산운용사에 들어가 기업분석 애널리스트로서 6년간 비교적 고액연봉을 받으며 근무하였다.

독서는 누구나 한번밖에 살지 못하는 인생길을 더 풍부하게 느끼고, 즐기며, 살아갈 수 있도록 해준다. 공부에 큰 도움이 되는 것은 물론이고 인생을 진하게 깊이 있게 살 수 있도록 안내하는 첩경(捷勁)인 것이다.

이 글을 읽는 독자들이여! 평생 책을 가까이하고 살자. 책을 많이 읽는 그대와 자녀의 인생이 풍요로워질 것이다.

칭찬의 힘

수도 없이 많이 들어서 잘 알고 있는 것이 칭찬의 중요성과 칭찬의 힘이 엄청나다는 것이다.

자녀교육에는 더 말할 필요가 없는 덕목이다. 그런데 잘 아는 것 같아도 막상 제대로 실천하는 부모는 많지 않은 모양이다. 자녀교육을 음식에 비교한다면, 칭찬은 양념이라고 할까? 양념 없는 음식은 맛이 없을 것이고, 칭찬 없는 자녀교육은 좋은 성과를 내기 어려울 것이다.

내가 초등학교 들어가기 직전에, 어느 날 아버지께서 어디서 들으셨는지 갑자기 천자문을 사서 오셨다. 나에게 천자문을 익히라고 명하시고, 시험을 보겠다고 하셨다. 며칠간은 저녁에 아버지랑 같이 천자문을 공부한 기억도 있다. '하늘 천, 따 지, 검을 현, 누루 황, 집 우, 집 주~' 낭랑하게 노래하듯이 외우고, 교본을 따라 한 획 한 획 쓰니 생각보다 재미가 있었다. 천자문이 몇 장 진도가 나가서 2~3백 자를 익히자 한자에 흥미가 생겨서 한자만 보면 아는 체하게 되었다.

그리고 얼마간의 시간이 지나서 드디어는 신문을 보게 되었다. 당시 신문은 한자를 모르고는 이해하기가 어려울 정도로 한자가 많았다. 초등학교 3, 4학년이 되자 신문의 상당 부분이 해독되었다. 초등학생으로서 이해가 어려운 경제면 기사에 특별히 흥미를 가질 정도로. 그리고 신문을 통한 경제기사에 대한 흥미는 나중에 대학의 전공을 선택하는 데까지 영향을 주었다. 내가 상대 경영학과에 진학하게 원인 중 하나가 신문을 통해 접한 경제, 기업경영에 관한 관심과 흥미가 계기가 된 것으로 생각한다.

그런데 이렇게 한자 공부와 신문 읽기에 흥미를 갖게 된 직접적인 동기는 어떤 어른의 칭찬 때문이었다. 초등학교 저학년일 때 장소는 기억나지 않으나 어디선가 신문을 읽고 있는데 어떤 어른이 '어린 나이에 신통하게 신문을 보네?' 하며 한자를 아는지 물었다. 내가 신문의 한자를 거의 다 읽었더니 대견하다고 칭찬해 준 일이 있었다. 또 이런 경험이 여러 번 있었던 것으로 기억한다.

이후 한자에 더욱 흥미를 갖게 되었고, 자연스럽게 국어 공부도 잘하게 되었다. 당시 대학입시에 중요한 과목으로 부각된 국어(현대문, 고문) 등을 비교적 재미있게 공부하게 된 계기도 한자에 대한 흥미에서 비롯되었다. 결국 한자를 안다고 칭찬받은 것이 전공 선택까지 영향을 주었고, 길게 보면 경제와 경영에 대한 추세를 파악하고, 나중에 사업체를 경영하는 데까지도 큰 영향을 준 것이라 볼 수 있다.

또 한 가지 칭찬받은 일이 있다. 중학교 때인 1970년 경부고속도로가 완공되어 개통되었다. 정부에서는 이를 기념하여 대대적으로 경축행사를 기획했고, 각급 학교에서는 경부고속도로를 주제로 글짓기 백일장을 열었다. 나는 정부와 학교의 행사, 뭐 이런 거는 전혀 몰랐다. 그냥 어느 날 수업시간에 경부고속도로를 제목으로 글을 써서 내라는 국어 선생님의 말씀이 있었다.

처음에는 막막해서 멍하니 있다가, 나누어 받은 크고 누런 B4 용지(갱지)를 한참 쳐다보는데, 몇 가지 생각을 떠올렸다. 그리고 글을 쓰기 시작하여 또 한참 써 내려갔다. 그때 무언지 이상한 낌새를 느껴 뒤돌아보니 감독을 하시던 국어 선생님이 내 글을 뒤에서 읽고 있었다. 부끄럽기도 하고 무안하기도 하여 얼른 가리려고 하는데 선생님이 하시는 말씀이 "다 쓰면 따로 제출하도록!" 종이를 한 장 더 주시며, "여기다 더 써도 돼." 라고 하셨다.

평소 존경하던 국어 선생님의 말씀에 얼굴은 벌게졌지만, 무언가 가슴속에서 회오리가 용트림하여 올라오듯이 상기된 기분을 느낄 수 있었다. 한 시간 수업종료 종이 울린 후에야 겨우 글쓰기를 마치고 원고를 제출하였다. 사실 백일장을 하는 줄도 몰랐는데…. 그다음 주 내 글이 가작으로 뽑혀서, 월례조회 때 상을 받았다. 전교생이 모인 운동장 조회 단상에 나가 상을 받은 것이 처음이었다. 마냥 설레었고 하늘을 날 듯한 기분이었다.

나와 글쓰기의 인연은 이렇게 시작되었다. 지금 이 글을 쓰면서 생각해 보니, 그때 국어 선생님의 칭찬과 가작 수상이 45년이 지난 오늘에 와서까지 이렇게 자녀교육에 대해서 글을 써보겠다고 마음먹은 계기가 된 것이다. 칭찬은 내게 자신감을 주었다. 내가 글을 쓸 수도 있구나. 아니 나도 글을 잘 쓸 수 있구나!

더 나아가 자연스럽게 독서에 관심을 갖게 되고, 공부에도 도움이 되는 등 내 인생에 유형무형으로 엄청난 영향을 주었다고 생각한다.

칭찬의 힘은 이렇게 크고 중요하다. 어떤 사람들에게는 인생의 행로를 완전히 바꿀 정도로 중요한 계기가 되기도 하는 것이다. 자녀들을 칭찬해주자! 어찌해야겠는가? 덮어놓고 칭찬하는 것이 가능한가? 아니다. 사소한 것이라도 자녀가 잘하는 것이 있으면 찾아야 한다. 부모는 자녀의 칭찬거리를 눈을 부릅뜨고서라도 찾아야 한다. 왜 없겠는가? 찾아보면 칭찬할 것이 매일 10가지도 넘을 것이다.

칭찬의 힘을 믿고, 칭찬하자. 나와 나의 자녀의 미래를 위하여!

공부에 뜻이 있다면

이 주제를 가지고 글을 쓰려니 많이 쑥스럽고 뒤가 켕긴다. 내가 공부를 그리 잘해본 적이 없어서. '공부가 가장 쉬웠어요'와 같은 책을 낸 분이나 무슨 '하버드 대학의 공부벌레들'이라는 프로그램에 나오는 사람, 서울대 수석 운운하는 사람이 써야 하는 제목이라서 말이다. 최소한 우리 아들 정호가 쓴다면 혹시 모를까? 하지만 자녀교육에 대한 책을 내기 위해 글을 쓰는데, 부모들이 요즘 가장 예민하게 받아들이는 공부하는 법에 대해 한마디도 안 하면 그것도 이상한 것 같아서 몇 마디 첨언(添言)할까 한다.

나는 중·고등학교 학창시절에 공부과목 중에 제일 못하는 것이 수학이었다. 그다음이 물리였고. 역시 기본 지능이 뒤떨어지는지 논리를 다루는 과목이 특히 약했다. 고등학교 2, 3학년 때 대학입시 대비 모의고사나 학력고사에서, 수학점수가 0점에서 잘 받은 것이 16점이었던 기억이 있다. 당시는 대학별로 본고사가 있었다. 오로지 시험점수로 합격과 불합격이 갈리던 때였다. 모의고사는 실제 대학 본고사와 비슷한 출제 유형이었다. 시험도 매우 어려웠다.

나의 경우는 해법은커녕, 문제 자체를 제대로 이해하지 못하는 경우가 많았다. 더 가관인 것은 어렵게 한참을 풀다 보면, 해법은 찾지 못하고 도로 원점으로 돌아가는 때도 많았다. 한 시간 시험에 문제는 한 5개 정도 주어졌나? 아무튼, 수학은 나에게 대학입시관문의 아킬레스건이었다. 다른 과목도 그다지 잘하지는 못했지만, 그런대로 지망하는 대학이 요구하는 수준 비슷하게 따라간 것 같다. 결국, 1차 대학입시에 고배를 마셨다.

돌이켜보면 잘못된 생각이었지만, 괜한 자존심에 2차 지원 대학에는 원서도 안내고, 재수를 선택했다. 그리고 당시 유명한 'J 재수학원'에 지원하였다. 근데 이 학원도 입학시험을 보는데, 여기서도 수학 때문에 떨어졌다. 참 창피하고 참담한 일이었다. 재수학원 입학을 위해 재수를 해야 했다. 다음 달에 또 시험을 보았다. 부모님에게는 차마 학원 입학에도 떨어졌다고는 입도 벙긋 못했다. 참 답답하고 스스로 한심스러웠다.

문제의 심각성을 깨닫고, 드디어 수학공부를 제대로 해 보기로 마음먹고 동네 독서실에 등록하였다. 당시 수학공부의 바이블로 통하는 『수학의 정석』을 다시 펴 들었다. 매일 4~5시간씩 수학에 집중하였다. 천천히 한 가지 주제를 완전히 파악할 때까지 충분히 음미하며 공부하였다. 예를 들자면 미분의 경우, 변곡점을 둘러싼 여러 가지 유형의 문제풀이 등. 그러기를 2주 정도 하였나.

그날도 정신을 집중하기 위해 찬물에 세수하고 공부를 하였다. 그때 갑자기 비 온 후에 안개가 사~악 걷히듯, 문제의 전후 맥락과 논리전개의 요점이 한눈에 들어오는 게 아닌가! 그때까지 수학에 관한 한, 한 번도 느껴보지 못한 논리의 전개구조가 단번에 확연히 드러나고 이해가 되는 것이 아닌가? 갑자기 장님이 눈을 뜬 듯하고, 입가에는 염화시중(拈華示衆)의 미소 같은 웃음이 연신 스며 나오는 것이었다. 이후 며칠은 수학의 논리를 깨닫는 기쁨과 수학의 재미에 빠져들어서 평생 처음으로 수학을 공부하는 희열을 느꼈었다.

당연히 보궐시험에서 'J 재수학원'에 우수한 성적으로 합격하여 등록하였다. 그렇게 어렵고 난해하던 수학이 이제는 가장 재미있고 잘하는 과목으로 변해가고 있었다. 수학 덕분에 한때 서울대를 가겠다고 할 정도로 성적도 올랐었다.

나의 이런 경험을 미루어보면, 어떤 일이든 반전의 계기가 있을 수 있겠지만, 공부도 옳은 방법으로 충분한 시간을 투자해야 그에 걸맞은 성과가 나오는 것 같다. 3년 넘게 그렇게 애를 먹이던 수학이 어느 날 갑자기 가장 재미있고 가장 좋아하는 과목으로 변하게 되는 그런 계기 말이다.

훗날 이 경험에서 몇 가지 중요한 시사점을 찾아보았다.

첫째는 아웃라이어의 '전문가가 되기 위한 일만 시간의 법칙'처럼, 공부도 각 과목별로 일정 수준의 이해력과 응용력을 가지려면, 상당한 시간의 집중적인 자기학습 시간과 노력이 필요하다는 것이다. 내가 수학을 못한 이유도 거기에 있었다.

예를 들자면 미적분을 충분히 이해하기 위해서는 일정 시간 집중적으로 학습하고, 중요한 논리 패턴을 완전하게 파악해야 하는 것이다. 그런데 그동안은 각각의 논리 주제를 충분히 내 것으로 소화하지 못한 상태에서 다른 주제로 옮겨갔기 때문에 전체적으로 기초가 부실했던 것이다. 즉 적분으로, 통계로, 삼각함수로, 경우의 수로 공부를 옮겨 가며 수박 겉핥기처럼 시간과 정력만 낭비하고 고생만 한 꼴이다. 결국, 변명한다는 것이 수학은 어려워! 나는 머리가 나쁜가 봐! 등 자책과 포기를 부르는 말을 하게 된 것이다.

영어도 마찬가지다. 영어도 말하기와 듣기, 그리고 영어책 읽기에 좀 더 시간을 배분하고 집중적으로 암기하고 노력을 더 하였더라면, 대학 졸업 후에 간단한 편지 정도는 쉽게 작성하고 대화도 어느 정도는 쉽게 하게 되었을 것이다.

다시 말하자면, 나의 학습의 문제점은 한 가지 주제도 제대로 익히지 못한 상태에서 다음 주제로, 또 다음 주제로 넘어간 데 있었다. 선생님 또는 학교의 학습 진도 일정에 맞추어 따라가기

급급하다 보니, 기초가 부실한 사상누각(沙上樓閣)만 애써서 만든 셈이었다.

안타깝게도 나의 실패 경험과 유사하게, 오늘날도 많은 우리 자녀들이 이러한 패턴의 실패를 계속하고 있다. 오로지 대학교 입학시험 공부와 그 진도를 따라가기 위해, 제대로 자기주도 학습을 할 시간을 확보하지 못하고, 학교로 학원으로 무거운 가방을 들고 이리 뛰고 저리 뛰고, 오늘도 열심히 사상누각을 쌓고 있는 것이다.

공부를 잘하려면 가방만 들고 이리 뛰고 저리 뛸 것이 아니라, 자기학습시간을 충분히 가져야 한다. 그것도 스스로 집중해서. 하나를 완전히 습득하면 두 개, 세 개 아니 열 개도 쉽게 알 수 있다. 기초공사를 제대로 하지 않으면, 그 위에 10, 20년의 공을 들여 탑을 쌓아도 조그만 충격에도 무너질 수 있는 부실한 탑이 되는 것이다.

불행하게도 나에게 고등학교까지의 수학과 영어공부는 기초가 없는 사상누각이었던 것이다. 그 날림 공부의 대가(代價)를 대학입학을 재수하면서, 또 뒤늦게 사회에서 벌충하느라, 하지 않아도 될 생고생을 많이 했다.

학부모들이여! 무늬만 공부하는 것이 아니라, 제대로 공부하도록 자녀에게 충분한 시간을 주자. 그리고 신뢰를 주자. 온전한 실력이 있는 자녀로 성장하기를 원한다면.

공부에 왕도나 특별한 지름길은 없는 것 같다. 목표도 중요하지만, 그것을 달성하기 위한 과정은 더 중요하다. 천천히 하나하나 과정을 확실하게 밟고 가는 것이 가장 빠른 길이고, 지름길임을 명심하자.

박사Ph. D.
아버지 되기

미 유학, 입학허가의 기쁨

요즘 들어 부진한 사업 탓인가? 밤새 잠을 편히 자지 못하고 7시경 거실로 나왔다. 아들 방에 불이 켜져 있었다. 의아한 마음에 방문을 살며시 밀어서 열어보았다.

그런데 웬일? 아들이 침대에서 벽을 바라보고 등을 꼿꼿하게 펴고 명상을 하며 앉아있었다. 마치 면벽참선(面壁參禪) 하듯이. 요즈음은 미국 유학(박사 과정)을 가기 위해 면접준비와 자료제출 등으로 밤늦게까지 무엇인가 작업에 몰두하고, 새벽에서야 잠이 들어 늦은 아침에야 일어나는 것이 아들의 일상이었다.

그런데 그날은 비교적 이른 아침이라 좀 의외의 모습이었다. 그래서 "왜 그러니?" 하고 다가갔다. 아들이 잠시 숨을 고르는 듯하더니, "아빠, 저 버클리 됐어요." 한다.

갑자기 정신이 번쩍 들며 눈물까지 핑 돌았다. "우와! 정말~?" 하며 나도 모르게 소리를 질렀다. "여보~! 정호, 버클리 되었대!"

이렇게 그날은 마냥 구름 위에 뜬 기분으로 하루를 지냈다. 그리고 이후에도 근 석 달은 가는 곳마다, 만나는 사람마다, 아들 자랑하고 싶은 것을 참느라 애쓰면서 기쁨에 들떠서 지냈다.

내 일도 아니고, 자식 일인데 이렇게 세상 다 가진 듯 기쁘고 행복할 줄은 정말 몰랐다.

입지, 정진, 노력

아들 정호는 2012년 9월부터 공학계열로서는 세계적으로 명성이 있는, 미국 유수의 Top 10 대학원에 박사과정 입학지원서(Application)를 냈다. 그리고 12월 말경부터 그 결과를 초조하게 기다리던 중이었다.

사실 그렇게 기다린 지 벌써 3개월째. 2013년 2월 말에 들어서는 대부분의 명문대에서는 이미 불합격 통보를 받았고, 요 며칠은 거의 합격 가능성이 없어서 사실상 포기한 상태였다. 오직 미시간대(앤아버 캠퍼스)에서만 연락이 왔다. 그리고 몇 차례의 전화면접, 논문자료 제출, 두세 차례의 화상면접을 보고 결과를 기다리던 중이었다. 당연히 이즈음은 불합격에 대한 압박감과 스트레스로 예민해져 있는 정호에게 말을 붙이기도 어려웠다. 매일 매일 고대하는 합격소식은 안 오고…. 안타까운 시간은 왜 그리도 잘 가는지.

그런데 뒤늦게, 느닷없이, 간밤에 기적처럼, 미시간 대학교보다 더 좋고 세계적으로도 톱(Top) 3에 드는 명문 UC버클리에서 합격통지 이메일(e-mail)을 받은 것이다. 단, 학비 및 생활비 등의 재정지원은 개인적으로 알아서 해결하라는 조건이 붙어있었다.

정호가 박사과정 유학을 위해 지원했던 공학대학원은 다음과 같다. MIT, 스탠포드, UC버클리, 일리노이, 조지아텍, 프린스턴, 코넬, 미시간, 퍼듀대였다. 명문대학원이 아니면 굳이 유학을 갈 일이 아니라, 국내에서 바로 취업을 하는 게 낫다는 생각이 배경에 깔린 선택이었다. 나름대로 뽑은 공학 상위 9개 최우수 대학원에만 지원하였던 것이다.

이제야 비로소 4년 넘게 열심히 공부하고 준비한 미국 유학의 꿈을 실현할 수 있게 된 것이다. 돌이켜보면, 정호는 학부 시절인 고려대 기계공학과 3학년부터 구체적으로 미국 유학에 뜻을 두고 공부했었다. 학부에서도 열심히 공부하며 유학준비를 했었다. 4학년 졸업반이 되어서 미국의 여러 명문대 공학대학원 석사과정에 입학지원서를 접수하였다. 하지만 미국 유학의 벽은 높았다.

결론은 불행하게도, 어느 한 곳에서도 입학허가를 받지 못했다. 정호는 대학교 4년을 열심히 전공공부에 매진하였고, 과(科) 수석(首席)을 놓치지 않았었다. 입학신청서와 추천서, 미국수학능력시험, 영어 등 유학에 필요한 자격을 갖추기 위해 성실하게 준비하였었다.

그러나 당시 세계대학순위로 보아 100위권 밖인 고려대 학부에서 미국 명문대 공학대학원의 석(박)사과정에 바로 합격한다는 것은 하늘의 별 따기만큼이나 어려운 일이었다.

다른 학문 분야도 그렇지만 요즘 공학부는 미국 대학이 바로 세계 최고 수준이고, 세계 각국에서 최고 수준의 인재들이 지원하고 있다. 또 듣자 하니 자국민 우선 원칙으로, 외국인 학생에게는 일정 비율만 입학을 허용하기 때문에 합격의 문을 통과하기가 정말 어려운 모양이었다. 아무튼, 결과는 참담한 실패였다.

이후 '취직을 하느냐? 유학을 계속 추진하느냐?'를 놓고 여러 가지로 의견이 분분했고 생각이 많을 수밖에 없었다. 하지만 본인의 유학에 대한 확신과 갈 수 있다는 의지가 제법 강했다. 그래서 국내 대학원에 진학하였다. 석사 후 박사과정에서 다시 한 번 유학에 도전하기로 방향을 정했었다.

그 동안 정호는 학부에서 정말 조용히, 소리, 소문 없이 혼자 힘으로 꾸준히 학업에 정진해왔다. 1학년 2학기부터 과 수석을 놓치지 않았고, 학업의 내용적으로도 아주 좋은 성과를 만들어냈었다. 나와 집사람은 정호 특유의 성실함을 잘 알기에 유학하여 계속 공부하겠다는 정호를 격려해주기로 했던 것이었다.

학부에서의 실패를 경험 삼아, 대학원에서 다시 2년간 유학에 필요한 여러 가지를 준비하게 되었다. 입학허가를 받기 위해서는, 우선은 좋은 지도교수를 만나는 일이 가장 중요했다. 그리고 전공 분야의 논문 등 연구실적이 있어야 하고, 전공과목 관련 성적도 좋아야 하고, 학비 조달과 지원 계획, 추천서 준비 등 많은 요소를 고려하게 되었다.

이런 이유로 서울대나 카이스트 대신에 모교 대학원에 진학하게 되었다. 일찍부터 유학에 뜻을 두었고, 학업을 계속하기 위해서 열심히 해서 그랬는지 몰라도, 기계공학과 수석 졸업을 하였고, 대학원도 수석입학을 하였다.

유학준비는 물론이고 학비와 기본 생활비를 지원받기 위해 지도교수 연구실의 보조연구원(R.A)으로 또 다른 교수의 조교(T.A)로 1인 3~4역을 열심히 하였다.

나중에 물어보니, 석사과정의 학생으로서는 드물게 정호의 전공 분야인 바이오 엔지니어링 연구에서 제1 저자로서 3편의 논문을 썼으며, 협력 저자로서 2편의 논문을 쓰는 등 벌써 다섯 편의 영어 논문을 제출하였다 한다. 또 일부 논문은 제법 이름 있는 국제 학술지에 게재하기도 했다고 한다. 학부 2년, 대학원 2년, 모두 4년간 절차탁마(切磋琢磨)하며 열심히 노력한 모습이 지금도 내 기억에 뚜렷하다.

미국에서의 공부는 지금까지보다 질적, 양적으로 훨씬 더 강도가 센 노력이 필요할 것이다. 우리 집안은 미국에 아무런 연고를 갖고 있지 않기에 이역만리 타국에서 쉽지 않은 유학생활과 해도 해도 끝이 없는 공부와 실험과 연구라는 어려운 길을 개척하고 한 발씩 걸어야 할 것이다.

하지만 이제는 단순히 공부를 더 한다는 차원을 벗어나서, 학자이자 전문가로서 자기의 길을 잘 개척해 주기를 바란다. 더 나아가 인류의 발전에 기여할 수 있는 훌륭한 연구성과와 학문적 성취를 이루기를 바라는 마음 간절하다.

정호의 지나온 성장 과정을 돌이켜보면, 상급학교 입학 때마다 턱걸이하듯 겨우 합격하여, 시작은 별 존재감 없이 미약하게 시작하였다. 하지만 졸업할 때는 매번 거의 우등으로 졸업하는 일이 반복되었다. 미미하게 시작하였으나, 일취월장(日就月將) 발전하여, 결국에는 걸출한 결과를 만들어 냈었다. 정호의 그 노력과 수고를 잘 알기에 이번 쾌거(?)가 감격스러운 것이다.

특히 대학과 대학원 시절의 분투와 노력은 부모의 입장에서 보기에 안쓰럽기도 하였다. 나를 포함에서 가족들은 그저 지켜볼 뿐, 공부나 유학에 대해서 아는 게 없어서, 뭐 직접적으로 도와줄 수가 없었으니까. 오로지 자신의 힘으로 개척하고 도전해서 당초 목표한 대로, 유학의 꿈을 이루어 낸 것이다.

정호가 대학에 입학할 때가 생각난다. 당시 나의 사업이 IMF 파고에 어려움을 겪고 난 이후이고, 계속되는 사업부진으로 정말로 돈이 없어 많이 힘들었던 시절이었다. 첫 학기 입학금부터 학자금 융자를 받아 등록금을 냈었다. 큰아이 혜영이 대학 학비 등 두 명의 대학 학비가 맞물려 경제적으로 생활비에, 이자에,

대출상환에, 아이들 학비에…, 어떻게 헤쳐나왔는지 지금 생각해도 아찔하다.

그러나 고맙게도, 정호는 입학해서부터 열심히 공부하여 2학기부터 성적 장학금을 받기 시작했으며, 2학년부터는 등록금 전액을 장학금으로 받았다. 또한, 외부 장학재단에서도 별도로 면학 장학금을 받아서 등록금은 물론 생활비와 용돈까지 스스로 해결하였다. 대학원에서도 우수한 성적과 노력으로 학비와 생활비도 지원받았고, 푼돈이지만 아껴 쓰고, 유학을 대비하여 저축도 한 멋진 아들이었다.

일등의 경험

사실 아들 정호가 공부와 관련해서 걸어온 길은 참 드라마틱하다. 정호가 아기였을 때 우리 집은 부모님과 내 동생 3명, 집사람과 우리 아이들 둘 이렇게 총 9명의 대가족이었다. 당시 샐러리맨인 나의 봉급과 부모님의 행상, 노점 장사로는 늘 빠듯하게 살 수밖에 없는 형편이었다. 이런 형편이라서 애초부터 정호를 정규 유치원에 보낼 엄두를 내지 못했다. 남들 다 보내는 취미나 놀이학원조차도 제대로 보내지 못했었다.

그다지 필요성을 느끼지 못하여 가르치지도 않아서 그랬는지, 정호는 한글도 제대로 깨우치지 못하고 초등학교에 입학하였다. 나중에 듣자 하니 한글을 깨우치지 못하고 입학한 아이는 정호를 포함해 반에서 딱 두 명이 있었다고 한다. 정호는 초등학교 처음 몇 개월은, 한글을 몰라 부모에게 전하는 알림장도 쓰지 못했다. 그래서 숙제를 해가지 못할 정도였다. 지금은 어떤지 모르겠지만, 당시 초등학교는 시험이 없고, 학업성적이라고 특별히 숫자로 된 것이 없어서 상대적으로 나와 집사람도 공부나 이런 일에 무심했었다.

당시 우리 집의 아이들에 대한 교육 방침이 있다면, 그냥저냥 열심히 뛰어놀고, '튼튼하게만 자라다오.' 뭐 이런 정도였다. 중학교에 가서도 1학년 성적은 대충 하위권, 2학년 성적 중·하위권을 맴돌았다. 나는 사실 이때까지 정호의 학교 공부에 그다지 관심을 기울이지 않았다.

그러던 어느 날, 중학교 2학년 때로 기억한다. 정호가 자기 방 책상에 앉아 영어공부를 하는 모습을 보게 되었다. 갑자기 호기심이 발동해서 정호의 의자 뒤에 서서, 아빠가 듣게 한 번 읽어 보라고 하였다. 무엇 때문인지 한참 뜸을 들이더니 교과서를 읽는데…. 기가 딱 막혔다. 문장에 대한 이해는커녕, 영어 단어를 발음도 제대로 못하고, 아예 읽지를 못하는 것이 아닌가? 충격이었다.

그날을 계기로 비로소, 나는 정호의 공부에 관심을 가지게 되었다. 함께 앉아 직접 가르쳐 보기도 하고, 수학은 제 누나한테 배우라고 권하기도 하였다. 큰 효과는 보지 못했지만.

중학교 2학년 말이 다 되어서야, 가끔이나마 책상에 앉아 공부하는 정호의 모습을 보게 되었다. 그리고는 중위권까지 조금씩 성적이 오르기 시작했다. 3학년이 되어서는 공부하는 모습이 눈에 자주 띄었다. 3학년 초에 10위권까지 성적이 올랐으며, 마지막 시험 때는 반에서 4위 안에 들게 되었다. 3학년 평균 4~5위라 해봐야, 평준화된 지역의 중학교에서 반(班) 등수이니 썩 좋은 성적은 아니었다.

당시 우리가 살던 성남 분당은 중학교까지는 평준화되었으나 고등학교는 비평준화 지역이었다. 시험성적순으로 서현, 분당, 이매 등 15개교를 지망하여 진학하였다. 정호는 조금 아쉽지만, 당시 서열 세 번째인 이매고에 진학하였다.

그런데 이매 고등학교의 첫 시험에서 믿기 힘든 일이 일어났다. 중간고사 시험에 아들은 반에서 1등이고, 전교에서도 손꼽을 만한 순위에 든 것이다. 본인이 노력한 것도 있겠지만, 고만고만한 아이들이 입학했고, 그중에서는 정호가 비교적 상위권에 위치해 있었던 것 같다.

아무튼, 이후 정호는 졸업 때까지 거의 최상위권 성적을 놓치지 않았다. 우연인지 몰라도 한 번 일등을 해본 기쁨과 성취감 그리고, 주변의 칭찬과 격려가 정호로 하여금, 계속 열심히 공부하게 하도록 동기를 부여해준 것 같다.

'용의 꼬리보다는 뱀의 대가리가 낫다.'는 말은 정호의 경우가 딱 들어 맞는 말이다. 어려서는 매사에 소극적이고 뒤에서만 맴돌던 아이였다. 그러나 비록 지역에서 3위 정도 하는 학교에서의 일등 경험이지만, 서현고나 분당고에서 중하위권을 하는 것보다는 백 번 더 좋은 계기가 되었던 것 같다.

이때 일등을 한 경험으로부터 얻은 자부심과 자신감이 그 후 대학교와 대학원 진학, 계속되는 유학과 인생 진로에 결정적인 도움이 되었다고 생각한다. 왜냐하면, 그때부터 학업에서뿐만 아니라, 평소 생활하는 데 있어서도, 순간순간의 의사결정(Decision Making) 과정에서 스스로 잘할 수 있다는 자신감을 많이 보여주었기 때문이다.

정호는 이런 자신감을 바탕으로, 성장하면서 점점 더 큰 인생의 꿈을 품게 되었다. 대부분의 사람이 나이를 먹어갈수록, 세상에 대해 알수록, 현실에 부딪칠수록, 인생의 꿈이 줄어들고 작아지고 초라해지는 것과 비교하자면 정호는 정말 특별한 경우이다.

일등의 경험은 긍정적인 자아를 일깨워주고, 또 분발할 용기도 준다. 한 번 일등을 해 보면 계속 일등할 수 있다는 자신감이 생긴다. 이등을 여러 번 하는 것보다는 일등을 한 번이라도 해보는 것이 아이들의 앞날에 더 중요하다고 생각한다.

요즘 우리나라의 젊고 어린 여자 골프선수들이 상위권을 휩쓸고 있는, 미국의 LPGA 골프대회에서 해설하는 분이 자주 하던 말이 생각난다. 우승 경험이 없는 선수가 1, 2라운드에 압도적인 스코어를 기록하며 일등으로 나섰더라도, 스스로에 대한 믿음과 자신감이 부족해서 결국 최종라운드에서 심리적인 압박감에 무너지는 경우가 많다는 사례 말이다.

누구나 최초로 우승을 하거나 또 일등할 때는, 단순히 순위로서가 아닌, 무언가 일등만이 느낄 수 있는 특별한 감정과 경험을 얻는 것 같다. 더욱이 본인이 스스로 분발하고, 도전해서 일등을 하였다면, 그 기쁨과 감동과 자부심은 두말할 필요가 없을 것 같다. 이러한 일등의 체험은 성인이 된 이후 겪게 되는 험난한 인생역정에 성공으로 가는 튼튼한 궤도를 깔았다고 생각해도 될 것 같다.

사람은 누구나 평균적인 사람보다 우수한 재능 한 가지는 가지고 태어난다고 들었다. 다만, 제때 발견하지 못하고, 잠재적 재능을 제대로 육성해주지 못해서 그렇지. 그래서 일등이 인생에 주는 귀한 경험을 대부분의 사람이 하지 못하는 것 같다.

따라서 부모는 자녀가 꼭 공부에서가 아니라, 어떤 분야이든 일등에 도전하고, 일등을 체험할 수 있도록 격려해야 한다. 자녀를 세심하게 살펴보고, 자식이 갖고 있는 잠재적 재능을 마음껏 펼쳐볼 수 있도록 적극적으로 도와주어야 한다. 이것이 자식농사에 있어서 좋은 부모가 되는 하나의 중요한 덕목이라고 생각한다.

바람직한 가정환경 만들기

돈 없어도 함께 놀러 다니자!

나는 이제 60대에 들어섰다. 세월은 참 유수와 같이 흘러 어느새 나이를 먹어 노년의 삶을 대비하고 고민하는 처지가 되었다. 지난 세월을 돌이켜보면 우여곡절과 많은 일이 있었지만, 전체적으로는 나름대로 치열한 개척정신을 가지고 살아왔다. 사회경제적으로 크게 성공하지 못했지만, 처해 진 현실에 비교적 만족하고, 나름대로 행복한 인생을 살았다고 자위(自慰)할 수 있다.

이러한 생각의 저변에는 흔히 '자식농사'라고 말하는 자녀교육에서 만족스러운 결과를 얻었다는 점이 상당한 비중을 차지한다.

우리 부부는 아이들이 어느 정도 클 때까지는 집사람이 전업주부로 지내기로 신혼 때에 합의하였다. 아이들이 어릴 때는 엄마가 아이들과 직접 부딪치며, 교감하며 지내야 한다는 점에 쉽게 합의했다. 당연한 이야기이지만 출산 후 모유 수유부터 시작하여 모든 양육 과정에 제 엄마는 부모로서의 책임을 다하기 위해 즐거이 정성을 쏟았다.

당시 우리 가정은 나의 부모님, 미혼인 3명의 동생, 우리 부부 그리고 자식 둘이 함께 사는 대가족이었다. 내가 장남이라 우리 아이들은 집안의 첫 손자, 손녀였다. 조부모와 삼촌들까지 많은 식구들의 사랑을 듬뿍 받고 자랐다. 아들 정호는 아기 때 아빠가 누구인지 헷갈릴 정도로 많은 삼촌들 속에서 귀염을 받고 자랐다.

또 나중에 집사람과 내가 생업으로 바쁠 때도 할아버지와 할머니가 계셔서 아이들에게 안정적인 양육환경을 유지한 것도 자녀교육에 큰 도움이 되었다고 생각한다. 사실 출퇴근할 때 내가 부모님께 "다녀오겠습니다.", "잘 다녀왔습니다." 인사를 드리는 것을 보는 것만으로도 아이들에게 인성과 예절교육 측면에서 좋은 영향을 미쳤다고 생각한다.

자녀양육과 교육에서 중요한 것은 첫째가 부모의 사랑과 돌봄이고, 다음이 넓은 의미의 가족 간 사랑이 아닐까 생각한다. 핵가족화된 요즘 세상에서도 넓은 개념의 가족 간 정서적 교감과 교류와 소통은 자녀양육에 매우 중요하다고 생각한다.

요즈음 3대가 동거하는 대가족은 드물지만, 동거하지 않더라도 가족이 서로 밀접하게 교류하고 지낸다면, 자녀교육에 있어서 절반인 50점은 먹고 들어간다고 생각한다. 자녀들의 안정된 정서적 환경 조성을 위해 굳이 특별히 다른 무엇을 하지 않아도 된다는 말이다.

당시 우리는 주말과 휴일에는 들로 산으로 많이도 놀러 다녔다. 내가 처음 장만한 중고차(포니 엑셀) 작은 승용차에 끼어 앉아서 6명이 타고 다녔다(지금은 어린이용 카시트에 앉혀야 하니 형편이 좀 다른 옛날이야기다). 봄에는 꽃구경 가고 봄나물을 캐러 다니고, 여름에는 경치 좋고 시원한 물가를 찾아 천렵과 물놀이하고, 가을에는 산 밤 따러 다니고 단풍 구경하러 가고, 겨울이 오면 돈 주고 타는 눈썰매장에는 가지 못해도 집 주변이나 근교 야산 기슭에 비닐봉지나 포대를 깔고 앉아 천연 눈썰매장 삼아서 신나게 놀았다.

참 야외로 많이도 놀러 다녔다. 아이들이 어릴 때는 직장의 업무가 주는 스트레스와 도심의 분주함을 탈출하고 싶어 그랬는지, 빠듯한 살림살이 때문에 그랬는지, 별로 돈이 안 드는 들로, 산으로 휘~휘 놀러 다녔다. 주로 자연 속에서 즐기는 당일 여행을 했고, 아니면 집 주변 공원에서 운동 등 즐길 것을 찾아서 놀았다.

요즘 기준으로 보면 소박하기 그지없는 간단한 천막과 비닐깔개 그리고 버너, 양은 냄비 그리고 가서 요리해 먹을 식재료 등이 우리 가족의 여행준비물이었다. 물론 외식은 생각도 하지 않았다. 요즘 유행하는 캠핑과 내용은 같지만, 당시에는 전문적이고 비싼 캠핑장비도 별로 없었고, 있다 해도 구입할 생각도 못해보았다. 한마디로 우리 집 야외나들이는 차량 기름값 외에는 거의 돈이 들지 않았다. 나중에는 내 동생들과 어린 조카들까지 십수 명이 함께 다니기도 하는 등 자연과 함께하는 멋진 구식캠핑(?) 놀이였다.

내가 사업을 시작하여 가정 형편이 좀 나아지고 난 다음에는 꼬박꼬박 휴가여행도 갔다. 매년 한 번 여름휴가만은 돈이 들더라도 가족 전체가 주로 동해안 해변과 전국 명승지를 찾아 여행을 다녔다. 한때는 제주도의 독특한 풍광과 아름다움, 화산섬의 이채로운 자연과 문화에 반해 내리 3년을 가서 즐기기도 하였다. 자연친화적인 야외나들이, 자연과 함께 호흡하는 정서적인 풍요로움이 있는 즐거운 추억들이었다.

함께 여행하고, 함께 놀이하고, 함께 취사하며 가족 모두가 각자 자기 역할을 느끼고 감당하는 공동체 의식도 기를 수 있었다. 넓고 거친 자연 속에서 가족의 단합과 사랑을 느끼기도 하며, 서로를 배려하는 마음도 갖게 해준 좋은 자녀교육의 장이었다.

지금 생각해 보면, 요즘 자녀들 공부시키느라 온 가족이 꼼짝도 못하는 것과는 정말 달라도 많이 다르게 살았던 것 같다. 내 기억에는 아이들 공부 때문에 어디를 가지 못한 적이 없으니….

삶의 행복과 자녀에 대한 기대

잘 아는 이야기이지만, 무엇을 해야, 얼마나 가져야, 얼마나 예뻐야, 얼마나 성공해야, 우리는 행복할까? 만족이란 것은 한도 끝도 없는 것. 살아가는 데에 꼭 필요한 것은 사실 별것 없는데. 우리들의 욕심(慾心)은 끝이 없는 것 같다.

잘 아는 이야기로 9개 가진 사람이 1개 가진 사람에게 1개를 달라고 한다. 10개를 채우기 위해서. 과도한 욕심은 반드시 무리(無理)함을 낳게 되어있고, 욕심은 충족하면 할수록 끝이 없어서 결국에는 허무(虛無)함에 이르게 되어있다. 욕심을 채운다고 행복과 만족(滿足)을 얻을 수는 없다. 한가지가 충족되면 두 가지를 원하게 되고 욕심은 끝도 없이 반복되는 것이다.

자녀교육에 있어서 나는 우리 아이들이 '건강한 몸과 건전한 정신을 가진 한 사람의 성숙(成熟)한 사회구성원으로 살아갈 수 있다면 만족이다.'라는 생각을 애초부터 가지고 있었다. 이런 생각은 나의 어린 시절의 경험 때문이다.

내가 어렸을 적에 아버지의 나에 대한 기대는 무척이나 컸다. 이 기대는 어린 마음에 큰 짐이 되었었다. 내가 생각해본 적도 없는, 아니 생각할 수도 없는 꿈을 종용(從容)하셨던 기억이 지금도 아프게 선명하다.

초등학교 저학년 때 주어진 나의 꿈은 대통령이었고, 고학년부터는 판검사였다. 열심히 공부하여 (서울)법대를 가서 고시를 패스하여 판검사가 되어야 되었다. 무엇인지 잘 알지도 못하는 판검사! 귀에 못이 박히게 들었다. 마음이 전혀 아니어도 대답은 소극적으로 '네에~' 해야만 했다.

당시 말단 경찰인 아버지는 판검사가 세상에서 제일 부러운 대상이었을 것이다. 한때는 청와대에도 잠시 근무하셨다고 했다. 자기보다 훨씬 젊은 영감님(검사나리?)들을 깍듯이 상전으로 모시며 힘들게 말단 순경으로 전전하시며 고생하셨다. 그러한 아버지의 처지에서 보면, 아들이 판검사가 되면 얼마나 좋을까? 또 얼마나 소망했을까? 이해가 된다. 큰 대리만족을 위해서…. 대학교에 가서야 아버지의 나에 대한 이런 식의 터무니 없었던 기대를 겨우 이해하게 되었다. 참으로 아버지가 측은하게 느껴지기까지 하는 어린 시절의 아픈 기억이다.

나는 어려서 조숙했는지, 공부에 별 조예가 없다는 것을 일찍이 국민학교 고학년 때 깨달았다. 왜냐하면, 똑같이 같은 시간을 공부해도 같이 공부한 친구보다 성적이 뒤처지는 경험을 많이 했었기 때문이다. 중학교에 가서는 공부만이 아니라 운동과 예능에도 또한 재능(才能)이 없다는 것을 체험으로 깨달았다.

하나의 예로 고교 때, 당시 유행했던 통기타를 배우는데, 친구는 며칠이면 다음 곡으로 진도를 나가는데, 나는 한 달을 해도 다음 곡으로 진도를 나가지 못해서 포기한 적이 있다. 몸을 쓰는 체육이나 운동도 전혀 소질(素質)이 없음을 절감하였고, '나는 왜 이렇게 재능이 없나!' 하고 한탄하기도 하였다.

참으로 두루두루 재능이 없다는 것을 스스로 깨달아 잘 알고 있는 내가, 자식들에게 허황(虛荒)된 기대를 할 수 있겠는가? 굳이 말하지 않더라도 부전자전! 그 피가 그 피인데.

당연히 자식한테 아무것도 기대하지 않았다. 아니 기대할 수가 없었다. 그저 '나는 아버지 된 도리를 다하면 그것으로 만족한다.' 정도의 생각으로 살았다. 우리 아이들이 무엇이 되리라고 특별히 기대(期待)한 것이 정말 없었다.

이런 나의 몰(沒) 기대가 오히려 아이들에게 공부를 강요하는 어리석음을 범하지 않도록 하였는가 보다. 공부는 물론이고 인생의 목표나 꿈에 대해서도, 아무런 강요 없이 하고 싶은 것을 해보도록 정신적인 여유를 주었는가 보다.

아이러니하게도 자식에 대한 몰(沒) 기대가 아이들이 스스로 생각하고 행동하도록 하는 자율을 주었고, 어릴 때부터 자신의 선택과 결정에 대해 책임을 지는 태도를 길러주었지 않나 생각한다. 아무튼, 덕분에 우리 아이들은 한참 성장기에 시간적, 정서적으로 여유를 가질 수 있었고, 타의에 의해 쫓기며 살지 않았다. 그래서 행복했노라고 지금도 말하고 있다. 우리 딸이 고등학교 2, 3학년 때 밤 11~12시 넘어 학원에서 귀가하는 친구들을 보고 너무 불쌍해 보인다고 여러 번 얘기했던 기억이 생생하다.

다시 말하자면, 부모가 미리 특정한 기대감을 갖고 목표를 이루려는 욕심과 조바심을 내는 것이 바로 자녀교육이 어긋나기 시작하는 출발점(出發點)이 된다는 것이다.

부모는 자녀에 대해 최소한의 기대만 가져야 한다. 그리고 이러한 최소한의 기대는 시냇물이 졸졸 평화롭게 흐르듯이, 부모와 자녀 모두가 부담 없이 받아들이고 공유할 수 있어야 한다.

자녀에 대한 기대와 희망은 자연스럽게, 오랜 시간을 두고, 만드는 것이 아닌 이루어지는 것이라는 말이다.

먹고 쓰는 소비생활

나는 평생 돈을 여유 있게 가져 본 적이 없어서 그런지 소비를 잘못한다.

원래 유산으로 물려받은 것도 전혀 없이 시작하여서인지 몰라도, 소비해야 할 일이 생기면 3번, 4번 다시 생각해 보고 결정한다. 결혼할 때 집사람에게 냄비쪼가리 몇 개와 밥그릇, 그리고 덮고 잘 이불만 가져오면 된다고 하였고, 실제로 신혼집이 조그만 단칸 셋방이라서 살림이라고 들여놓을 공간도 없었다. 가구도 시장브랜드 제품으로 옷장, 이불장 한 세트를 간단히 준비하였다. 당시 남들 다 쓰는 침대도 언감생심, 생각도 못했고, 신혼살림이라고 가구의 상표나 가격을 의식해본 적도 없다.

그런데 우리 집사람 시집와서 몇 개월 된 어느 날 아침, 나한테 정색을 하고 말하는데, "없다, 없다 해도 이렇게 없는 집 처음 보았다."고 면박을 준 기억이 지금도 생생하다. 돈이나 재산이 없는 것은 물론이고 학연, 지연, 혈연 등 연고나 인맥, 심지어는 친척도 별로 없었기 때문이다.

우리 집은 이산가족으로서 이북(以北)에서 아버지가 동생 손 붙들고 1.4 후퇴 직전에 두 분이 걸어서 월남(越南)하여 친척도 거의 없었다. 헐벗고 먹고 살기 힘든 시절에 부대끼고 살다 보니 서로 의지할 만한 인맥이나 인간관계도 만들지 못했었다. 이러한 가정환경에서 50년대에 태어나 60, 70년대에 성장하다 보니 나도 낭비나 과시적 소비는 알지도 못했고, 생각해본 적도 없다. 사회에 진출해서도 꼭 필요한 것 외에는 살 엄두를 내지 못하는 강제된 실용(實用)을 최우선으로 하는 소비생활을 할 수밖에 없었다.

가전 도구도 처음에는 "전자레인지가 왜 필요한가, 가스레인지로 밥하면 됐지." 하며 집사람과 싸웠다. 나중에 가스오븐레인지가 주부들 사이에 열풍이 불어 그것을 장만하겠다는 것을 말리느라 또 한참을 싸웠다. 사실 가스오븐레인지는 집사람이 할부로 계약했다며 일방적으로 집에 갖다 놓는 바람에 내가 졌었다.

VTR은 아무 쓸모가 없는 물건이라는 내 지론에 평생 돈 주고 사본 적이 없고, TV는 당시 유행하던 '바보상자'라는 말에 동의하다 보니 고장 나야 새로 장만하는 것이었다. 냉장고도 고장이 나야 바꾸지 왜 멀쩡한 것을 바꾸느냐? 용량이 부족하면 작은 냉장고 하나를 더 사자. 뭐 이런 식으로 구입과 소비를 많이 자제하면서 살았다. 남들 다 20년 전에 들여놓은 에어컨도 내가 나이 들어 더위를 먹기 시작했는지 열대야에 잠을 자지 못해서 50대 초반인 몇 년 전에야 난생처음 들여놓았다. 그래 봐야 여름에 한 2주 정도 잠깐씩 사용하나?

본론인 자녀교육으로 돌아가서, 아이들도 소비유행 풍조에 너무 빠지지 않게 노력해야 한다고 믿는다. 요즘 자녀들이 초등학교부터 대학생까지 주변에 유행하는 소비 풍조에 너도나도 휩쓸려서, 과소비와 낭비하며 사는 모습을 보면 안타까운 마음 금할 길이 없다. 소비 자체가 나쁜 게 아니라 꼭 필요한 것인지, 다른 대안은 없는지, 어떻게 효율적으로 사용할 것인지 등을 따져보고 소비를 했으면 한다. 더 나아가 부모의 경제적 형편까지 헤아리고, 낭비나 과소비를 스스로 절제할 줄 아는 자녀로 키웠으면 한다.

그러나 현실은 남들 다 하니까. 없으면 나만 왕따 되는 것 같으니까. 또는 과시하고 싶으니까. 너도나도 최고로 좋은 것으로 비싼 것으로 또 최신 제품으로 사서 쓰고, 입고, 신고, 먹고 하는 풍조가 일반화된 것 같다.

우리 아이들은 나의 이런 철저한 절약 모드 때문에, 당시 성남 분당지역 아이들은 거의 신지 않던 국산상표의 운동화를, 그것도 상설할인매장에서 할인된 상품을 사서 신고 다녔다. 또 그 당시 학생들 사이에 대유행하던 미국상표의 백 팩(책가방)을 사지 못하게 했더니 한두 달씩 울고 조르다가 포기하였다. 결국, 딸아이는 스포츠 브랜드로서는 중간 가격대의 가방을 사서 메고 다녔고, 아들은 대형마트에서 세일하는 만 원짜리 가방을 골라 상표를 떼어내고 태극기 마크를 부착하고 매고 다녔다. 내가 당시 스포츠 브랜드 회사에 다닐 때라 잘 아는데 아무리 뜯어보아도 만 원짜리 가방과 구만 원짜리 가방의 품질 차이를 도무지 알 수가 없었다.

에피소드 한가지. 우리 아들이 중학교 때 친구 여럿이 길 가다가 그즈음 인기 있는 상표의 운동화 얘기를 하게 되었다. 일행 중 유일하게 국산상표의 신발을 신은 아들에게 친구들이 의아한 표정을 지으며, "너는 왜 그런 것을 신냐?"고 했단다. 아들이 속이 상해서 내뱉은 말이 "좋아서 신는다. ××야 왜?" 이렇게 대꾸했다고 나에게 털어놓은 적이 있다. 자식에게 잘해주고 싶은 부모의 마음이야 다 같은지라, 남들 다 신는 유명상표 신발을 사주지 못해 안쓰럽기도 하고 미안한 마음도 일부 있었다. 그래도 주눅 들지 않고 적극적으로 대처한 아들의 모습이 한 편으론 고맙기도 하였다.

이렇게 명품 소비하고는 거의 담을 쌓고 살았어도, 우리 아이들 명품(?)으로만 치장하고 살았던 다른 아이들에 비해 어느 한 구석 뒤떨어진 구석이 없이 잘 성장했다.

주관도 뚜렷하고, 성실하게 노력하여 자기의 길을 잘 가고 있으니, 고급으로 비싼 것 많이 소비한다고 사람이 잘되는 것은 아닌 모양이다. 나도 그런 소비 풍조에 전혀 개의치 않고 잘 살고만 있으며, 집사람도 이 점에 동의해 주니, 촌스러운 소비생활 면에서 보면 우리 부부는 천생연분인가 보다.

이런 잘못된 과소비 풍조는 아이들만 탓할 일은 아닌 것 같다. 늙으나 젊으나 많은 여성들이 명품(?) 핸드백과 사치스러운 상표의 옷, 금은 보석, 장신구, 유모차, 심지어는 일회성으로 쓰고 버리는 것과 음식 재료나 간식으로 먹는 것까지 명품이라면 사족을 못 쓰는 현상이 있다고 들었다. 품질이 가격 차이만큼 탁월하여 명품이라면 좋은데, 품질보다는 터무니없는 가격으로 나 같은 사람은 절대 못산다는 희소성이 있다는 것이 차이라면 차이일까.

아이들은 아직 가치관이 뚜렷하지 못하고, 세상 물정 몰라서 유행에 휩쓸린다고 이해하지만, 도대체 어른들은 왜 그럴까? 아니 얼마나 자존(自存)감과 자아(自我)를 내세울 게 없으면, 엉뚱한(?) 가격의 명품을 자랑하는 것일까? 유럽 유명브랜드 핸드백과 비싼 옷. 남극탐험에나 입고 가야 할 것 같은 방한 패딩 재킷. 서구의 잘생기고 섹시한 남성 모델이 차고 있는 비싼 시계와 값비싼 신변잡화 등을 과시하며, “나 이런 사람인데!”라고 내세우는 것일까? 별로 어울리지도 않고, 내 보기에는 오히려 애처로워 보이는데…. 정말 코미디라 해도 삼류 코미디이고, 안타깝기도 하고 웃기지도 않아 코웃음만 나온다.

좀 과격한(?) 내 말에 동의하지 않는 많은 분이 있으리라 보인다. 그런 분들은 '없이 사는 사람의 변명'일 수도 있겠다 하고 이해해주기 바란다.

그렇다고 부자를 시기하고, 질투하는 마음은 결코 아니다. 그럴 만한 형편이 되는 사람이라면 고급스러운 소비도 경제의 선순환을 위해 절대적으로 필요하다고 인정한다. 나도 형편이 안 되서 그렇지, 비싼 차를 타고 싶은 욕구가 상당히 있는 것을 생각하면 말이다.

아무튼, 우리 집은 정말 시대에 한 5년에서 10년은 뒤떨어진 소비생활을 했다. 실례로 우리 딸은 당시 대부분 중학생부터 가지고 다니는 휴대전화를 대학입시 후에 길에서 통신사가 판촉으로 나누어준 제 할아버지의 것을 빌리다시피 하여 처음으로 갖고 다녔다. 아들 정호도 2004년 대학생이 되어서야 휴대전화를 장만하였다. 그렇게 하고도 요즘 하루가 멀다고 쏟아지는 컴퓨터나 스마트폰이나 첨단의 디지털 기기를 활용하는 데 문제가 없다. 아니 오히려 값싸게 필요한 기능을 잘 추려서 자기에게 필요한 첨단의 제품들로만 무장하고 다닌다. 공부에도 잘 활용하고 있을 뿐만 아니라 각종 첨단(尖端)의 문명의 이기(利器)를 누구보다 잘 이해하고 사용하고 있다.

유행(流行)을 좇는 소비 풍조는 쉽게 취(取)하고, 쉽게 싫증 내고 쉽게 버리게 된다고 본다. 이런 소비에 익숙한 악습관이 결혼에서도, 직장에서도, 사회생활에서도, 친구를 사귀는 데 있어서도 인생의 꿈을 이루어나가는 데에도 나타날까 적이 걱정된다.

우리 집은 소비생활에 있어 확실하게 한두 템포 늦게 가지만, 그럼으로써 몸과 마음은 더 건강하고 여유롭다고 믿는다. 우리 집에서는 말초신경을 자극하고 가볍게 물질을 소비하는 데서 즐거움을 찾는 일이 별로 없었다. 스마트폰이나 컴퓨터 게임에 과도하게 빠져드는 등 지엽적이고 표피적인 가벼운 즐거움을 추구하는 데 시간과 정열을 빼앗기지 않고 살고 있다.

과유불급(過猶不及)이라고 좀 모자란 듯한 소비에 자족하며 산다. 소비를 줄여서 남은 돈과 시간과 정열이 있다면, 삶의 본질을 향상시키고 직접 체험하는 경험의 풍요로움을 만들고, 인생을 즐기는 데에 투자하는 것이 더 현명하지 아니한가?

아버지의 역할

우리나라의 경우 대부분 가정에서 자녀교육에 대한 일차적인 책임을 주로 엄마가 담당한다. 아이를 자신의 배속에 10개월이나 키우고 산고를 겪고 낳아서 젖을 먹이고 핏덩이를 세심한 보살핌으로 어린이와 청년으로 키워내는 모성은 정말 가늠할 수 없이 크고 깊다.

그렇다고 해서 자녀양육과 교육을 전적으로 엄마에게만 맡기는 것은 아이가 정서적, 사회적으로 균형 감각이 있는 사회구성원으로 성장하는 데에 문제가 있을 수 있다고 생각한다. 가정이라는 울타리는 자녀들이 자연스럽게 부모의 남성성과 여성성의 특성을 고루 배울 수 있게 양육환경을 만들어야 한다고 본다.

자녀를 훌륭하게 키우기 위해서 큰 틀에서 보자면,

첫째로, 자녀교육의 원칙과 목표를 정해야 한다. 목표나 원칙이 뚜렷하지 않으면 어린아이의 양육이든 학생 시절의 교육이든 매사에 방향성이 없어서 갈지(之)자 행보를 면하기 어렵다. 원칙이나 목표는 되도록 명확하고 구체적일수록 좋다.

둘째는 자녀교육의 목표를 달성하기 위해 실행 방법을 구체적으로 생각해야 한다. 예를 들어 자녀에게 꼭 해주고 싶은 것 또는 반드시 피해야 할 것 등도 열거하고, 그 안에서 우선순위도 매겨보아야 한다. 각 가정의 형편 나름대로 실천할 수 있는 방안이 되어야 한다.

셋째는 위의 두 가지, 즉 자녀교육 원칙과 목표 그리고 주요한 실천방법에 대해서 부부간에 반드시 합의를 보아야 한다.

넷째는 부부간에 자녀교육에 있어 역할 분담을 분명히 하고 이 또한 서로 합의해야 한다. 그렇지 못해서 어느 일방이나 쌍방이 무관심하거나 지나친 관심을 갖게 되면 그 영향은 바로 자녀에게 미쳐 원만한 인격을 갖추는 데 지장을 받게 된다. 심지어는 부부간에 원칙과 시행방법의 분담에 대한 합의가 없을 경우, 자녀들 보는 데에서 서로 책임을 떠넘기거나 심각한 갈등을 빚고 싸우는 경우도 생긴다.

우리 집의 자녀교육 목표는 매우 단순하다. 그저 '원만한 민주시민의 육성'이다. 별로 내세울 것도 없다.

구체적인 실천방법과 생활원칙 몇 가지를 소개하자면,

◦ 공부가 다가 아니다. 공부는 억지로 시키지 않는다.

◦ 시간은 귀한 것. 알뜰하게 아껴 써야 한다.

◦ 악기 한 가지, 무(술)도 한 가지는 할 줄 알아야 한다.

◦ 어떤 인생의 꿈이든, 목표든 스스로 선택할 수 있으나, 일단 선택했으면 책임감을 갖고 열심히 해야 한다.

◦ 무엇을 하든 좋으나, 게으르고 나태한 것은 용납 못한다.

◦ 무슨 일이든 시키지 않는다. 자율적으로 하기를 바란다.

◦ 가정도 공동체 생활이므로, 각기 맡은바 합의된 자기 일은 책임을 지고 해야 한다.

◦ 부모, 자식, 형제간에 가족의 한 구성원으로서, 서로 존중하고 존경해야 한다.

◦ 고등학교는 물론이고, 대학교까지는 부모로서 최대한 뒷받침할 것이나, 대학교 이후에는 반드시 자립과 독립을 해야 한다.

◦ 부모 슬하에 있는 동안에는 원만한 가정 분위기를 위해 부모의 가족공동체를 위한 최소한의 요구에 반드시 따라야 한다.

또 사소하지만, 자녀교육과 관련한 생활규범을 예를 들자면,

◦ 밤 11시 전에 귀가할 것.

◦ 외박은 사전에 허가를 받을 것.

◦ 자기 방 청소는 자기가 할 것.

◦ 합의된, 가족 전체 모임이나 행사는 반드시 참석할 것.

◦ 가족 공동의 일은 응분의 자기 역할을 책임지고 할 것.
◦ 부모의 경고 3번을 받으면, 혹독한 벌을 받게 되니 주의할 것.

또 내가 신봉하고 있고, 자녀에게도 강조하고 싶은 삶의 지혜와 교훈은,

◦ 내가 재산이 있더라도, 자식에게 물려주는 일은 없다. 전혀 기대하지 말라. 대신 나는 노후에 자식들에게 짐이 되지는 않도록 노력하겠다.
◦ 젊어서 고생은 사서도 한다.
◦ 눈물 젖은 빵을 먹어본 사람만이 인생의 깊은 맛을 알 수 있다.
◦ 하늘은 스스로 돕는 자를 돕는다. 준비되지 않은 사람은 좋은 기회가 와도 기회인지 모른다. 결국에는 운도 실력이다.
◦ 무슨 일이든 목표를 구체적으로 정하고 해라.
◦ 두드려라. 열릴 것이다. 대부분의 사람들은 시도해 보지도 않고 포기한다.

이러한 살아가는 데 참고할 만한 교훈들은 사실 어느 집이나 뭐 별다를 것도 없고, 누구나 잘 아는 것이다. 다만 실제로 실천하기가 그리 쉽지 않다는 것이 문제라면 문제다.

세상만사 무슨 일이든, 많은 선각자(先覺者)들의 훌륭한 생각과

경험과 지혜와 교훈이 책 속에 흘러넘친다. 요즘 모두들 손에 들고 다니는 인터넷에도 이런 좋은 정보는 홍수처럼 널려있다. 몰라서 못하는 일은 요즘 세상에는 거의 없다.

그런데 알면 무엇하랴? 금과옥조(金科玉條) 같은 수많은 조언(助言)과 교훈(敎訓)이 있어도, 대부분의 사람은 그것을 나와는 무관한, 어떤 특별한(?) 다른 사람의 얘기라고 받아들인다. 나의 얘기, 내가 할 수 있는 얘기라고 받아들이지를 않는다.

그리고 다음과 같이 변명이나 자기 합리화를 한다. '그 사람은 그 사람이고, 나는 나다. 각기 주어진 형편과 조건이 다르다. 시기가 다르고. 여건이 다르고. 키가 다르고. 생긴 게 다르고. 가진 돈과 재산이 다르고. 능력이 다르고. 부모가 다르고. 조상이 다르다.' 심지어는 이유 없이 그냥 싫단다. 그래서 제대로 실천을 못하거나, 안 하는 사람이 이 세상을 꽉 채우고 있다. 또 대부분 사람들이 이러한 이유로 교훈이나 조언을 실천하는 데에 관심이 없다.

모르긴 몰라도 100명 중에 90여 명은 이렇게 여러 가지 여건이 달라서(?) 자기의 삶이나 생활을 바람직하게 개척하지 못한다고 생각한다. 아니 오히려 세상에 별종이거나 이상한 몇 사람만이 이러한 교훈과 지혜를 내 것으로 받아들이고 실천하려고 노력한다. 이렇게 좋은 인생을 살려고 노력하고 실천하는 사람이 백 명에 불과 몇 명이라고 한다면 내가 너무 과장하는 것일까?

실로 안타까운 일이다.

그러나 나는 굳게 믿는다. 인생의 결실은 실제로 노력하는 것만큼 얻게 되어있고 자녀교육도 마찬가지라고.

다시 처음으로 돌아가서, 자녀교육에서 아버지의 역할은 어머니에 비해 절대 작지 않다.

아버지 된 남성들이여! 밖에서 힘들게 일하고 돈 벌어오느라고 피곤하신가? 정녕 시간이 없어서, 돈이 없어서 자녀를 돌볼 수 없는가? 아닐 것이다. 밖에서 혹독한 시련을 겪으며 일을 할수록, 집에 와서는 사랑하는 가족과 따듯한 가정이라는 울타리 안에서 서로 사랑과 행복을 나누어야 하지 않겠는가? 지친 몸과 마음을 쉬게 하고 새로운 활력을 충전하여 더 열심히 살 수 있도록 에너지를 충전해야 하지 않겠는가?

바로 그대의 자녀와 아내와 함께 세파의 일에 어떤 영향도 받지 않는 철옹성(鐵甕城) 같은 멋진 가정을 만들어 보시라! 길다면 긴 인생길에서 당신의 가정은 마르지 않는 행복의 원천이요, 기쁨의 샘물이 되리니.

부모는 자녀의 거울이다

다들 많이 들어서 아는 이야기를 먼저 하자. 옛날 혀가 좀 짧은 훈장 선생님이 아이들 앞에서 자기는 '바담 풍(風)' 하면서 아이들이 '바람 풍'을 못한다고 혼을 냈다는 얘기가 있다. 우리가 이처럼 자녀를 교육함에 있어서 혀 짧은 선생 노릇을 하는 것 아닌지 돌아보게 된다.

단적으로 말하자. 부모가 일 년에 책 한 권 보지 않으면서 자녀들로 하여금 책을 가까이하고, 즐겨보라고 말할 수 있을까? 직업상 업무상 필요한 지식을 위해서라도 책을 보자. 아니면 신문을 보더라도. 특히, 자녀가 공부할 때 함께 보자. 부모가 책을 가까이하고, 자주 읽는다면, 자녀가 책을 가까이하도록 습관을 들이는 데 말이 필요 없게 된다. "공부해!"라고 소리치고 야단칠 게 아니라.

가정생활에서도 마찬가지다. 아버지는 휴일이면 빈둥빈둥 TV 앞에서 또는 스마트폰 들여다보면서 하루 종일 지내면서, 아이들이 알차게 시간을 보내고 열심히 공부하기를 바란다면 이는 완전히 연목구어(緣木求魚)와 같다. 부모가 자신을 위해 열심히 노력하며 살고, 가족의 더 나은 삶을 위해 헌신할 때 아이들은 누가 얘기하지 않아도 부모를 공경하게 될 것이다. 부모를 본받아 자신의 본연의 의무인 공부를 하게 될 것이다.

좋은 부모가 되려면 '이렇게 어쩔 수 없이'라도 자녀 앞에서 솔선수범해야 하는 것이다. 의식주 생활과 취미활동, 체육 활동, 여가활동 등 생활의 모든 면에서 아이들은 무의식적으로 부모를 따라 하게 된다.

부모가 자녀의 롤모델(Role Model)로서의 역할을 전혀 하지도 못하고 또 할 생각도 없으면서, 자식에게는 공부 열심히 해서 훌륭한 사람 되라고 요구한다. 참으로 말도 안 되는 '도로아미타불 공염불'인 것이다. 또 부모가 애초부터 롤모델이 될 능력이 전혀 없는 경우일지라도 열심히 노력하는 모습은 보여 주어야 하는 것이다. 오늘, 부모의 사는 모습이 바로 내일, 자녀의 모습일 수 있다.

반대로 부모가 절대로 하지 말아야 하는 것이 있다. 바로 공치사이다. 많은 아버지들이 은연중에 흔히 하는 말 '내가 너희를 위해서 밖에서 얼마나 힘들게 돈을 벌어오는지 아느냐?' 또는 엄마들의 흔한 말 '내가 너를 뒷바라지하려고 몸이 열 개라도 모자랄 정도로 애쓰고 노력하는데, 그런데 어떻게 너는 이렇게 공부를 안 할 수가 있니?' 등 생각보다 부모들이 공치사를 많이 한다.

그러나 이는 매우 잘못된 말이다. 부모가 자식을 사랑하는 것과 가정을 위해 헌신하는 것은 당연한 것이다. 어린 자녀 입장에서는 말이다. 이런 말로 공치사하고 자녀의 철없음에 대해 불평과 불만을 얘기한다면, 좀 심하게 말해서 부모로서 자격 미달이라고 볼 수 있다.

요즘 부모 노릇을 제대로 하지 못하는 부모가 많아서 부모의 역할을 가르치는 학부모교실 프로그램도 많다고 들었다. 정히 아이를 어떻게 키울지 모르겠다면 이런 교육 프로그램에 참여하는 것도 한 방법이 되겠다.

아들과 친해지기

집사람이 원인을 잘 모르는 고(골반)관절의 괴사로 몸이 많이 아픈 상태에서 아들 정호를 임신하였다.

몸이 아프니 입덧을 심하게 했다. 내가 옆에서 지켜보기 안쓰러운 힘든 임신 기간이었다. 어찌어찌 9개월을 첫아이보다 열 배는 힘겹게 보내고 드디어 출산했다. 그래서 그런지 아들은 선천적으로 몸이 많이 약했다. 우선 뼈가 가늘고, 삐쩍 말랐다. 입이 짧고 편식이 심해서 먹이는 것이 늘 신경 쓰였다. 게다가 편도선은 항상 부어있고, 코도 비염으로 막혀있어서 입으로 숨을 쉬는 지경이라 2번씩 편도선 절제수술을 받기도 하였다. 수술 후에도 큰 차도가 없어서 나중에 대학을 가서 비염을 완화한다는 한방치료를 받기도 하였다. 어려서부터 이렇게 몸이 시원치 않다 보니 제 엄마 치마만 붙들고 맴돌았다. 늘 짜증이 많고 칭얼대고 나에게는 잘 오지도 않았다. 심지어는 아빠를 알기나 하는 건지 의심이 들 정도로. 제 누나와는 정반대로 부자간에 이렇게 서먹하고 친하지 않은 상태가 초등학교 때까지 계속 되었다.

그러던 어느 날, 집사람이 이런 사정을 걱정하였다. 나에게 아이와 친해지기 위해 무언가 시도해야 한다고 강력하게 권하였다. 나는 고민 끝에 어딘가에서 본 듯한 방법대로 목욕탕 스킨십을 시도해 보기로 하였다.

목욕탕에 가는 것을 싫어하는 아이를 목욕 후에 먹고 싶은 것을 사준다고 겨우 꾀어서 대중목욕탕에 아들을 데려갔다. 온탕에 들어가는 것을 꼭 죽으러 들어가는 것처럼 싫어하는 아이를 꼭 감싸 안고 달래서, 온탕에 들어가고 사우나 부스에도 같이 들어가고 때도 밀어주었다. 일부러 아빠 등도 밀어달라 하였다. 나와서는 평소에 잘 사주지 않던 햄버거나 치킨, 피자 등도 사서 먹고. 이렇게 서너 차례 아들과 친해지려는 목욕탕 스킨십을 반복하였다.

결과는 대성공!

정호가 변했다. 내 근처에 잘 오지도 않던 정호는 장난도 걸고, 나에게 안기기도 하고, 스킨십도 청하더니 드디어 사이좋은 아빠와 아들의 관계를 만들 수 있었다. 이러한 시도를 한 때가 정호가 초등학교 5~6학년 즈음이었다고 기억한다. 사회에서도 누구와 친해지려면 계급장 떼고 목욕탕에서 알몸으로 교감하면 더 빠르게 친해질 수 있다고 들었다. 자녀들과 소원한 관계라면 한 번쯤 시도할 만한 방법이 아닌가 생각한다. 딸이라면 엄마가 시도하면 되고 딸과 아빠 또는 엄마와 아들이 소원한 관계라면 특별히 자녀와 함께 교감할 수 있는 이벤트를 모색해야 할 것 같다. 우리 집은 딸과는 문제가 없어서 생각해 보지 않아 잘 모르겠지만…. 뭐 취미활동이나 운동이나 교육적인 테마가 있는 여행을 함께 해보면 어떨까 한다.

자녀교육이 잘되기를 바란다면 우선 소통이 잘돼야 한다. 자녀와 소통이 안되고서야 어떻게 부모의 선량(善良)한 기대인들 자녀에게 전달되겠는가? 어떤 방법을 쓰든 부모와 자녀는 친밀해야 하고 소통이 잘되어야 한다. 이러한 가정환경이 바로 자식농사를 잘 지을 수 있게 하는 기초인 기름진 옥답이 되는 것이다.

가정은 오아시스다

가정은 가족구성원 모두가 바깥세상에서 어쩔 수 없이 받게 되는 온갖 스트레스, 걱정, 고민, 갈등, 상처, 고통, 연민, 열등감 등 부정적인 것을 녹여 없애주는 용광로가 되어야 한다.

현대 생활에 있어 공부하는 학생이든, 사회생활하는 부모든, 가족구성원 각자는 나름대로 어려움을 갖고 있을 것이다. 각자가 이러한 어려움을 해소하는 방법도 나름대로 갖고 있고, 또 극복하며 살고 있을 것이다. 그러나 내 생각에는 각자가 바깥에서 개별적으로 스트레스를 해소하는 것도 좋겠지만, 가정 내에서 보다 쉽게 이 문제를 해결할 수 있다고 생각한다. 바로 분위기 좋은 스마트홈을 만드는 것이다.

왜냐하면, 가정이란 혈연공동체는 그것을 유지하는 데에 별도의 비용이나 특별한 투자가 필요 없기 때문이다. 또한, 필요 없다고 마음대로 벗어날 수도 없으며, 태어나는 순간 누구나 공짜로 하나씩 갖게 되는 공동체인 것이다. 그리고 가정을 만들고 유지하는 일은 누구에게나 균등한 기회가 공평하게 주어진다. 즉 마음만 먹으면 누구나 좋은 가정을 만들 수 있다. 가정은 선남선녀의 만남만 있으면 이룰 수 있기 때문이다.

좋은 가정이란, 첫째, 부부간에 서로 존중해야 한다. 배우자가 존중하지 않는 남편이나 아내를 남이 존중해 주기를 바란다면 어불성설(語不成說)이 아닐까? 부부간에 또는 부모와 자식 간에 심하게 하대(下待)하고, 반말하고, 비난하고, 무관심하고, 심지어는 업신여기기까지 하는 경우를 주변에서 종종 목격하게 된다. 참으로 보기에 안타깝고 불편한 모습들이다.

주변 식당에 밥 먹으러 갔다가, 마트에 쇼핑하러 갔다가, 심지어는 부부동반으로 초대를 받은 집들이에서도 가족이 서로에게 함부로 말하는 경우를 자주 목격하곤 한다. 한 번 주의 깊게 다른 가족의 대화를 들어보라. 서로 사랑하고, 존중하고, 존경하는 관계는커녕 서로 욕설만 안 한다뿐, 도저히 들어줄 수 없을 만큼 심각하게 저급(低級)하고, 저열(低劣)한 대화를 거리낌 없이 하는 가족의 모습을 도처에서 볼 수 있다. 뭐 일부러 들으려고 해서가 아니라 심하게 귀에 거슬리는 말이라서 기억에 남는 것이다.

서로 간 존중하는 마음이나 사랑하는 마음, 배려하는 마음은 찾아보기 어려운 가족 간의 대화. 옛날 이조 시대에 부리던 노예나 종에게조차 하지 못할 무례한 말을 당연한 듯이 하기도 하고 듣기도 하는 부모와 자식. 무심하게 서로 비난하거나 무성의한 부모의 답변. 도대체 한이불 덮고 자는 부부의 대화라고는 상상할 수 없는 거칠고 무례한 대화.

우리 사회를 지탱하는 가장 중요한 기초단위인 가정 안에서의 대화라고는 상상할 수 없는 수준의 말이 상류층과 중산층을 가리지 않고, 일반화된 듯하다. 정말 걱정스러운 현상이다.

우리 집은 결혼하고 채 몇 달 되지 않아 부부간 호칭을 여보, 당신 하기로 했고, 그때부터 지금까지 서로에게 존댓말을 비교적 많이 쓴다. 부부의 존댓말은 나중에 아이들을 대하는 데에도 이어져서, 자식에게도 하대해본 적이 없다. 명령조의 반말이나 비난하고 비하하는 듯한 말투로 얘기한 기억도 거의 없다. 그러한 분위기에서 나서 자란 영향 때문인지 이제 다섯 살 된 미국에 있는 손자 경훈이도 제 엄마(우리 딸)한테서 존댓말로 대우받으며 자라고 있다. 좋은 가정을 가꾸기 위한 첫 시도로 오늘부터 부부 사이에 존댓말을 하는 것이 어떨까?

둘째는 서로 격려하고 칭찬해주어야 한다. 요즈음 한국과 같이 경쟁이 치열한 사회에서 직장이든 집안에서든 학교에서든 자기가 맡은 일을 잘 해내기 힘든 것이 현실이다. 가정이란, 부부가 가정 밖의 문제로 좌절하고 낙담하지 않도록 서로 격려하고, 또 어려운 상황에서도 용기를 낼 수 있도록 인정해주고 서로를 북돋워 주어야 한다. 상처가 있다면 감싸주고, 치료해 주고 서로 의지하는 사이가 되어야 할 것이다.

그런 면에서 나는 행운아다. 집사람은 과하다 싶을 정도로 나를 존중하고, 인정해주고, 격려해준다. 집에 오면 나는 거의 왕이 된듯한 느낌을 받는다. 물론 나도 집사람을 왕비 대접해주려고 애썼지만 실제로 잘했는지는 모르겠다. 나에 대한 평가는 집사람이 해야 하는 거라서…. 아무튼 정성을 다해 나를 위해주고 내가 하는 일이 결과적으로 잘되든 못되든 한결같이 지지해준다. 전업주부로서 내가 밖에서 하는 일에 간섭하지 않고, 오로지 자기가 해야 할 집안일에만 몰두하면서도, 거의 무조건 내가 하는 일이 잘될 것이라고 말해 준다. 마치 어떠한 결정이든 내가 하였다면 응당히 숙고(熟考)해서 하였을 것이라고 믿는다는 듯이.

예를 들자면 직장에서 중요한 과업이나 목표달성에 시달릴 때나 진급문제로 고민할 때, 과중한 업무를 맡아서 힘겨워할 때, 다니던 직장에 사표 내는 것을 고민할 때, 이직을 고민할 때, 창업하여 사업을 시작할 때, 이사를 하거나 집을 사고팔 때 등. 가정의 운명을 바꿀 수 있는 중요한 의사결정의 순간마다 나에게 신뢰를 보내며 내 결정대로 하라고 격려해주었다. 또 일 년에 한 번 가는 휴가여행을 어떻게 할지, 앞에 많이 얘기한 중요한 자녀교육의 원칙에 대해서도 나의 판단을 존중하고 따라주었다.

아이들 교육에 관한 문제는 사실 신혼 초에 서로 의견 충돌로 약간의 설왕설래가 있었다. 하지만 서로 설득하는 과정을 거쳐 큰 원칙은 대체로 나의 의견을 존중하고 잘 따라주었다. 물론 나중에는 나에게 완전히 동화되어 나의 자녀교육원칙을 지키고 시행(?)하는 데에 앞장 서주었다. 감히 우리 집의 자식농사가 잘 되었다고 한다면 그 공의 절반 이상이 나를 지지해준 집사람에게 있다.

이 자리를 빌려 아내한테 감사와 치하의 말을 하고 싶다. 남남으로 살던 두 사람이 혼인하여, 처음부터 서로 보완이 잘되는 커플이 된다면 큰 행운이겠지. 그러나 그렇지 않은 경우라도 서로 대화와 노력으로 같은 목표를 추구해야 할 것이다. 화합하고 단합된 가정, 가족 모두가 즐겁고 행복한 가정을 만드는 것이 올바른 자녀교육의 출발점이 될 것이다.

셋째는 가족구성원 모두가 서로를 잘 알고 이해해야 한다. 나는 우리 아이들에게 형편상 평생 근검절약을 강조하고 살았다. 소비생활은 말할 것도 없고 집안의 냉난방도 늘 절약 모드로 일관했다. 추운 겨울날이면 집안에서 오리털 점퍼를 입고 지내야 할 만큼. 아이들이 비교적 잘 따라주어서 오히려 건강하게 지낸 듯하다.

또 가족들에게 고급스럽고, 사치스러운 소비를 해준 적이 별로 없는 것 같다. 아이들에게 부모로서 능력이 부족한 점에 대해 비난을 받아도 어쩔 수 없다. 능력이 그것밖에 안되었으니까.

그럼 이런 것, 저런 것 안 해주었다고 나중에 자식들에게 비난을 받을까? 그때 그때 불평은 많이 들었지만, 지내놓고 보니 전체적으로는 오히려 존경과 사랑을 많이 받았다고 자부한다. 이는 우리 아이들이 아빠가 가장으로서 역할을 열심히 이행하려고 노력하였고, 또 최선을 다해 살았다고 인정해주기 때문이라 생각한다.

우리 아이들은 성장하여 고등학교 다닐 무렵부터는 부모가 재산이 얼마나 있는지, 우리 집의 재정 상황이 어떠한지, 아빠가 요즈음 무슨 일을 어떻게 하고 있는지, 아빠가 하는 사업의 어려움은 무엇이고 어떻게 대처하고 있는지에 대해서도 구체적으로 알고 지냈다고 생각한다. 내가 일부러 아이들에게 내가 하는 일이나 형편에 대해 설명회를 하거나 한 것은 아니고, 서로 밥상머리 대화를 많이 하다 보니 자연스럽게 서로의 형편을 알 수 있게 된 것이다.

이러한 가정 형편에 대한 공통인식이 있기 때문에 웬만한 불평과 불만은 스스로 억제하거나 소화했고, 자율적으로 각자가 할 일을 찾아 하였다. 또 자기의 입장만 생각하는 무리한 주장이나 요구는 애당초 할 수가 없었고, 오히려 서로 이해하고 배려하고 격려해주는 분위기를 만들 수 있었다.

작은 화장품 유통사업을 하고 있는 나는 영업직원을 채용하는 데 많은 어려움을 겪었다. 신입 영업사원 채용을 위한 면담을 할 때 일이다. 응모자의 가정환경을 체크하기 위해 아버님의 직업과 근황 등을 물어볼 때가 있다. 놀라운 것은 많은 젊은이가 부모의 집에서 아직 부모에게 경제적으로 기대어 살면서도, 아버지의 근황에 대해서 잘 모른다는 점이었다. 심지어는 아버지가 정확히 무슨 일을 하는지 잘 모르는 경우도 있었다. 그저 회사에 나간다거나 상업인데 잘 모르겠다거나 또 실제 아버지의 경제적 형편에 대해서 정말 많은 응모자가 모르고 있었다. 이점을 나는 매우 의아하게 받아들였다.

어찌 한 지붕 아래, 한솥밥을 먹고 살며, 서른 전후 나이에 부모의 도움으로 살아가며, 부모의 형편을 모를 수 있을까? 자기가 어떻게 생계를 이어가는지에 대한 상황인식이 없고, 인생의 뚜렷한 목표도 없고, 삶에 대한 가치관이나 주관도 없이 사는 사람이 대부분이었다. 이런 사람이 영업을 하면, 치열한 경쟁이 전쟁터처럼 펼쳐지는 화장품 유통시장에서 타 회사와 경쟁에서 버텨내고 살아남을 수 있을까? 아닐 것이다.

이런 사람 뽑으면 회사 경비만 축내고 옆에 잘하는 다른 직원의 사기까지도 저하시킬 것이다. 가정이 바로 서야 자녀교육이 바로 설 수 있다. 가정이 바로 서면, 자녀가 크게 성공하지는 못할지라도 최소한 건전한 양식을 가진 한 사람의 민주시민으로 길러 낼 수는 있을 것이다.

적성과
진로 탐색

자녀의 꿈 키워주기

위에서도 잠깐 소개했지만 나는 아버지의 판검사가 되라는 강요에 반발심으로 상경대 경영학과를 갔었다. 당시 내가 문과반 학생으로서 생각한 진학 및 전공은 크게 보아 법대, 상대, 인문대 정도로 매우 단순했다.

우리 집은 북에서 피난을 온 이산가족으로서 이남에 친척이나 친지도 별로 없었다. 그래서인지 인생의 꿈과 진로, 그리고 성취 등에 대해 어떤 조언을 받아 본 기억이 없다. 또한, 나의 성장기에 가까운 주변 사람 중에 나에게 인생의 진로나 성취 같은 가치를 자신의 몸으로 웅변하는 롤모델이 될 만한 사람도 없었다. 그야말로 나는 우물 안 개구리나 다름없이 자랐다고 해도 과언이 아니었다.

옛날이야기지만, 나의 대학진학과 진로(進路)에 대해 생각나는 에피소드 2가지.

대학에 입학하고 나서 얼마 지나지 않아 무슨 일로 갔는지 기억나지 않으나 의대 건물에 간 적이 있었다. 의대생들이 흰 가운을 입고, 강의실 앞에 몰려서 있는 곳을 스쳐 지나간 적이 있다. 그들이 입고 있는 흰 가운이 왜 그렇게 멋지게 보이는지. 의대 건물의 벽인지 동상인지에 있던 히포크라테스의 선서를 알고 나서는 의사라는 직업에 더욱 매력을 느꼈고 부러웠다. '왜? 나는 고교 시절에 의대를 갈 생각을 한 번도 해보지 못했는가? 왜 누구도 나에게 직업으로서 의사가 될 수 있다는 것을 말해 준 사람이 없었나?' 하고 인생의 진로나 직업에 대한 정보에 무지했던 현실이 안타까웠고, 눈물이 날 만큼 서럽기도 했었다.

또 하나는 대학교 2학년 여름방학 때 선배 집에 놀러 갔을 때의 일이다. 선배의 가족사항은 전혀 몰랐는데, 마침 유학 간 선배의 형이 집에 와있었다. 저녁밥을 먹으며 나는 먼 나라의 마치 꿈 같은 미국생활과 유학생활에 대해서 알게 되었다. 지금 생각해 보면 지극히 단편적인 얘기였지만, 우리와는 완전히 다른 이질적인 미국 문화에 대한 이야기와 유학생활의 이런저런 어려움에 대한 얘기였다. 그리고 공부에 뜻이 있으면 미국에 유학하는 것도 고려해보라고 어른스럽게 얘기해주었던 기억이 난다.

그 시절은 외국에 유학 가는 것이 아직 귀하고, 실제로 가기 어려운 때였다. 우리 집의 형편은 그때 기울어질 대로 기울어져 등록금조차 제대로 낼 수 없는 형편이었다. 피난하듯 군대에 가려고 '우선징집인'을 내놓고 조만간 입대를 앞둔 시점이었다. 이러한 때에 선배의 형에게서 들은 미국 유학 이야기는 망치로 뒤통수를 한 방 맞은 듯한 충격으로 다가왔었다. 지금 생각해도 소름이 오싹 돋을 만큼 전율이 느껴지는, 꿈에도 상상해 보지 못한 일이었다. '아! 유학을 가는 사람도 있구나. 내가 생각도 해 보지 못한 유학을 가는 길이 있었구나. 유학을 가는 것이 현실적으로 가능한 일이구나. 왜? 나는 이런 길을 전혀 몰랐단 말인가.' 충격이었다.

이러한 나의 대학 때의 아픈 경험 때문에, 우리 애들에게는 어려서부터 장래의 꿈과 희망에 대해서 열린 사고를 할 기회를 주려고 노력하였다. 아이들이 중고생이었던 그즈음에 나는 운영하는 사업과는 별도로 프랜차이즈 사업을 해볼 생각으로 미용실을 하나 차렸었다. 나와 집사람 모두 늦게까지 일하고, 9시가 넘어서야 미용실 문을 닫고 귀가하는 것이 일상이었다.

그즈음에 우리 애들이 엄마 아빠를 볼 시간은 우리의 늦은 저녁 식사 시간밖에 없었다. 자연스럽게 우리의 늦은 저녁 식탁은 거의 매일 아이들과 소통하고 대화를 나누는 귀한 자리가 되었다.

성경 말씀대로 "두드려라. 그러면 열릴 것이다." 어떠한 인생의 꿈이든 구체적인 목표를 정하고 노력하면 될 수 있다고 생각한다. 옛 대우그룹 김 회장의 말을 빌리지 않아도, 세상은 넓고, 할 일은 많다. 오대양 육대주에 많은 나라가 있고, 삶의 모습과 문화가 다른 다양한 사람들이 살고 있다. 너희가 앞으로 살아갈 세상에서 동시대(同時代)를 경쟁하며 살아갈 사람들은 지금 네 주위의 사람뿐만이 아니라 미국, 영국, 유럽, 일본, 중국, 동남아시아, 인도 등 다양한 나라의 인재들이다. 이들과 함께 국제적으로 때로는 경쟁하고, 때로는 협력하며, 살아야 한다고 수시로 얘기해 주었다.

또 한편, 그즈음은 내가 미용실 전문기구와 미용 가구, 모발화장품 등의 무역업을 하고 있을 때라서 해외출장이 잦았고, 수출영업상 세계 25개국 이상을 다니며 활동을 왕성하게 할 때였다. 글로벌한 시각으로 나의 다양한 해외여행 체험담과 미숙한 영어로 진행하는 상담 경험, 출장지에서 마주치는 이국적인 삶의 모습과 다양한 문화에 대해 얘기할 기회가 많았다. 이러한 영향 때문인지 우리 아이들은 대학생이 되자 배낭 여행, 해외인턴, 교환학생 등 외국을 출입하는 것을 당연하게 생각할 만큼 글로벌한 사고를 하고 있었다.

내가 식탁에서 아이들에게 여러 번 강조한 얘기 한 가지. "아빠가 옛날로 돌아가 인생을 다시 산다면, 밀항해서라도 미국에 유학을 갈 거야. 인생의 꿈은 크고 높을수록 좋은 거야. 뜻이 있으면 길은 있는 거야." 하고 많이도 부추겼다.

지금 딸, 아들 모두 미국에 유학 가서 공부하고 있다. 아마도 나의 영향 때문이겠지.

멘토의 유무와 그 중요성

오래전 이야기인데, 내가 사회에서 만나 호형호제하는 경남지방에 사는 동생에게서 전화가 왔다. 용건은 자기 아들을 이번 여름 방학에 서울 우리 집에 보내려 하니 한 달 남짓 데리고 있어 달라는 부탁이었다. 이유인즉 우리 아이들이 모범적으로 잘 성장하였으니, 짧은 시간이지만 자기 아들의 롤모델(Role Model)이자 멘토가 되어주면 좋겠다는 얘기였다. 집사람과 상의 끝에 간절한 부탁을 거절할 수 없어서 영훈이를 받기로 하였다.

영훈이는 당시 중학교 2학년이었고, 우리 아이들은 딸이 대학교 3학년 아들이 대학교 1학년이었다. 서울에 온 영훈이는 한 달 반 동안 우리 집의 온전한 한 식구로서 함께 생활하였고, 평상시와 같이 우리 집의 가정운영준칙(?)을 따르도록 하였다. 호칭도 집사람을 큰엄마로 나는 큰아빠로 불렀고, 그냥 우리 아이들 대하듯 있는 듯 없는 듯 평소처럼 생활하도록 노력하였다.

물론 영훈이가 서울에 오기로 결정된 뒤에 우리 집에서는 두어 차례 정도 저녁 식탁 가족회의가 있었다. 영훈이를 어떻게 대할 것인가, 무엇을 해줄 수 있는가에 대해서 대략적인 협의를 하였었다. 영훈이는 우리 집 인근의 학원에 등록하여 주 중에는 학원에서 수업을 듣고, 이른 오후부터는 자기 학습시간을 갖도록 하였다. 그리고 우리 아들이나 딸이 가끔씩 학교에 데려가서 대학생활 및 전공공부 등에 대해서 견학할 기회도 주고, 휴일에는 학생들이 좋아할 만한 몇 군데를 선정하여 촌놈 서울 구경도 시켜주었다. 일부러 서울대학교에 다니는 친구에게 연락하여 학교탐방을 시켜주기도 하였다.

일요일이면 온 가족이 교회에 가서 영훈이를 중등부에 새 신자로 등록하고 각종 교회 행사와 활동에 적극적으로 참여할 기회를 주었다. 이렇게 한 달여를 지나는 동안 영훈이는 지방에서 자의식(自意識) 없이 공부도 그냥저냥 하고, 아까운 시간만 죽이던 평범한 중학생에서 갑자기 어른이라도 된 듯, 뚜렷한 자아의식과 목표의식을 갖춘 의욕에 찬 학생으로 변신하였다.

영훈이의 변화는 사실 나도 놀랄 만큼 극적이었다. 정말 아무것도 모르고 우물 안에서 살다가 세상 밖에 나온 개구리처럼 듣고 보는 것마다, 영훈이에게는 배움의 연속이었나 보다. 스스로 반드시 변화해야겠다는 생각과 성공적인 인생을 살기 위해 무엇을 할 수 있는지도 나름대로 판단력이 생긴 듯 보였다. 본인 말로도 무엇인가 할 수 있다는 용기와 자의식이 생겼고, 공부가 부엇이고 왜 해야 하는 가에 대한 자각도 들었다고 했다.

이후 자기 집으로 돌아간 영훈이는 스스로 장기적인 목표를 세우고 공부를 시작하였다. 성적도 일취월장(日就月將)하여 고교 때 드디어 상위권 성적을 기록하고 결국에는 홍익대 건축학과에 진학하였다. 지금도 참 열심히 공부하며 유능한 건축사의 꿈을 키워가고 있다. 더구나 영훈이는 자기 집의 어려운 형편을 헤아릴 줄 아는 아이로 변했다. 통통하던 살이 다 빠져서 야윌 정도로 학비를 벌기 위해 아르바이트도 기를 쓰고 열심히 하였다.

이제는 청년으로서 자기 인생의 무게를 묵묵히 감당하고 열심히 공부하며 앞날을 개척해 나가는 영훈이를 볼 때 멘토의 존재 여부가 자녀교육을 좌우할 수도 있다고 생각한다.

지금도 성실하게 자기의 꿈을 가꾸어가는 영훈이의 앞날에 행운과 축복이 함께하기를 기도한다.

적성과 진로 찾기

어릴 때는 자기가 무엇을 잘하는지, 앞으로 무엇을 해야 좋을지, 어떤 일이 적성에 맞을지 모르는 게 당연하다. 그중에는 아주 일찍부터 타고난 기질(氣質)과 끼를 발휘하여 진로나 전공(專攻) 등을 초등학교 때 정하는 경우도 있긴 하겠지만….

일반적으로는 고교 2, 3학년 되어도 대학전공과 진로를 정하지 못해 오로지 성적에 맞추어 지원할 대학교부터 고르고, 다음 선택으로 경쟁률과 합격 가능성을 고려하여 전공을 꿰맞추는 일도 비일비재하다. 참으로 불행한 일이고, 종종 평생 후회하는 잘못된 선택을 하기도 한다. 전공이나 직업은 인생에서 정말 중요한 선택 중 하나일 것이다. 어쩌면 제일 중요한 것일지도 모른다. 이렇게 중요한 것을 그저 운에 맡기듯 가볍게 결정하는 경우를 보면 안타까움을 넘어서 불행을 자초하는 것으로 보인다.

자녀가 어린 아이일 때부터 아이가 무엇에 흥미를 갖는지? 무엇을 좋아하는지? 무엇을 잘하는지? 아니면 무엇을 못하는지?

싫어하는지? 등을 세심하게 살펴보는 것이 부모의 의무라고 본다. 또한, 앞에서 피력한 바와 같이 자녀에게 여러 문화활동, 자연학습, 동아리 활동, 취미나 체육 활동 등 다양한 체험을 해볼 기회를 주어야 한다. 상급학교에 진학할수록 어떤 과목의 학습에 흥미가 있고 잘하는지도 살펴보아야 한다. 또한, 이러한 적성 탐색 과정에 자녀들과 눈높이를 맞추어 대화하고, 그들이 가진 생각에 대해서도 존중해 주고 소통하고 대화해야 한다.

무엇보다 중요한 것은 자녀의 전공과 진로는 최종적으로 본인이 결정하도록 해야 한다. 이를 위해 자녀가 성장하여 어느 정도 자아가 정립되고 진로와 전공에 대하여 호불호(好不好) 같은 자신들의 생각이 정리되면 비교적 쉽게 진로를 결정할 수 있다고 본다.

부모나 선생님은 오로지 각자의 관점에서 자녀의 선택을 도울 수 있는 조언(助言)을 해주는 것으로 충분하다. 오로지 합격 가능성에 맞추거나 부모의 기대에 맞추어 강요된 조언으로 진로가 결정된다면, 인생의 출발점부터 타의에 의해 운명이 결정되는 왜곡된 길을 걸을 가능성이 큰 것이다. 설령 운이 좋아 적성에 맞는다 해도 본인이 고민하여 선택한 길이 아니기 때문에 적극적으로 자신의 삶을 개척하거나 끝까지 최선을 다하는 자세를 기대하기 어려운 것이다.

우리 집은 아이들이 어렸을 때 주말과 휴일에 들로 산으로 놀러 다니고, 아니면 아파트 뒷마당 조그만 농구 틀에 매달려 함께 농구도 하고, 집 근처 근린공원에서 자주 운동하며 지냈다. 또래보다 머리 하나가 더 있을 만큼 키가 커서 생긴 오해이지만, 초등학교 같은 반 남자아이가 혜영이가 농구선수인지 알았다고 할 만큼 농구도 자주 하였다. 또 시간만 나면 함께 운동장에 나가 누가 빨리 달리나 게임도 하고, 축구도 하고, 야구 글러브를 가지고 공놀이도 하고, 가까운 산에 등산 겸 산책도 하고, 방학 때는 수영을 배우러 수영장에도 다니게 하였다. 박물관, 미술관에도 비교적 자주 가고 악기 한 가지씩도 배우게 하였다. 참 나름대로 적성과 진로 탐색에 도움이 될 다양한 기회를 누리도록 한 것 같다.

이렇게 하자면 자녀들이 평소에 무엇을 생각하는지 구체적으로 생활방식과 하는 일에 관심을 가져야 한다. 형편이 안되서 못한다고 하는 분도 있을 수 있는데, 찾아보면 별로 돈 들이지 않고도 아이들의 적성을 파악하고 취미를 길러줄 방법은 많이 있다고 생각한다.

내 생각에는 자연(自然)은 누구나 돈 없이도 즐길 수 있으며, 운동도 집 주변에 널린 것이 공원이고 운동장이다. 요즈음에는 수영장도 동네마다 있고 공공시설을 이용하면 비용도 비교적 저렴하다.

집집마다 사교육 상황에 따라 다르겠지만, 자녀의 공부를 위해 보습학원 다닐 돈이면 얼마든지 다양하게 스포츠와 문화생활 여가생활을 즐기고 살 수 있다고 본다. 고급스럽게 돈을 많이 들여 하자면 한도 끝도 없는 얘기겠지만 말이다.

예체능

우리 아이들은 부모를 닮아서 예체능에 조예가 없다. 구기운동은 진짜 못하고, 요즈음 다들 되고 싶어 하는 연예인 기질은 억지로 찾아봐도 비슷한 구석이 없다. 노래, 춤은 관대하게 보아도 평균 이하이다. 그나마 제 엄마를 닮았는지 그림에는 약간의 재능이 있는 것 같다.

딸아이는 독서를 많이 하고 좋아해서 그런지 글은 제법 쓰고, 어려서부터 한글도 일찍 깨우치고 공부도 잘했다. 반대로 둘째인 아들은 몸도 약하고 잔병치레를 하고 어려서 책하고는 담을 쌓고 지내더니 중학교까지는 공부도 못하고 다른 것도 도무지 잘하는 것이 없어서 걱정이 많았다.

첫째인 혜영이는 자연스럽게 별다른 고민도 해 볼 겨를이 없이 비교적 잘하는 공부를 계속하는 것으로 진로를 결정하였다. 구체적으로는 경영학과를 나온 나의 영향을 받았는지 금융 그중에서도 IB(투자은행) 쪽 일을 하는 것을 목표로 경영학을 전공으로 선택하였다. 이는 전적으로 본인의 결정이었다. 물론 그 과정에서 다양한 진로의 가능성과 전공의 장단점, 앞으로의 전망, 직업별로 요구되는 특기 적성, 국제적인 경제 상황과 금융투자현황 등에 대해 수도 없이 많은 밥상 대화를 나누었고 그러한 대화와 토론을 즐기기까지 했다.

딸이 직업인으로 금융전문가가 된 요즘도 기회만 되면 토론의 장이 가끔 벌어지곤 한다. 아무튼, 딸의 경우는 별다른 갈등이 없이 순탄하게 진로를 정했고, 지금도 그 길을 열심히 가고 있다. 지금은 직장에서 6년의 자산운용과 기업분석업무(리서치) 경력을 쌓고 결혼해서 남편과 같이 미국에 유학 경영학석사(MBA)를 마치고 박사과정에 들어가 있다.

둘째인 정호는 고교에 진학해서 이과를 선택했다. 이유는 국어와 역사 등 인문학과 영어 등 외우는 과목은 잘못하기도 하고 또 싫다는 것이다. 내가 보기에도 아들은 오래 앉아서 공부하는 것을 싫어해서 공부도 건성건성(?) 하는 것처럼 보였다. 시간 투자도 별로 하지 않고 집중력도 없이 공부하니 암기과목 성적은 중위권을 겨우 유지하였다. 그러나 수학과 물리는 비교적 괜찮은 성적을 받아오곤 했다. 정확히 말하자면 고교입시가 발등의 불로 닥쳐서야 비로소 아들의 성적에 대해 관심을 갖고 챙겨보았고, 문과와 이과를 선택해야 하는 고1 때에 과목별 적성 등에 관해 대화를 나눈 것이다.

고교 1학년 때 어느 날 아들이 경기도 물리경시대회에 학교대표로 나간다고 해서 생각지도 못한 의외의 일이라서 좀 놀란 일도 있다. 아들은 성남시 대회에서는 1등을 했고, 경기도 대회는 2등으로 입상했으며, 전국대회에 가서는 등외였다. 전국대회를 앞두고는 학교에서 전담지도선생님까지 붙어서 특별지도를 열흘 이상 받을 만큼 물리나 수학을 잘하였으나 나는 사실 그때까지 아들이 물리를 그렇게 잘하는지 전혀 알지 못했던 것이다.

요즘에 자녀들의 학습 진도를 부모가 학생 본인보다 더 많이 알고 있는 경우가 흔한 모양이다. 자녀의 공부, 입시, 구직, 결혼에 이르기까지 열심히 앞장서고 때로는 독친(毒親)이라 비난받을 정도로 뒷바라지에 극성인 부모가 많은 것이 시대조류인 것 같다.

이런 측면에서 보면, 나와 집사람은 참 어처구니없을 정도로 자녀에 대해 무관심한 부모라 할 수 있겠다. 아무튼, 이런 자율적인 분위기에서 아들은 기계공학을 전공으로 결정하였고 나는 이를 받아들일 수밖에 없었다. 나는 생명공학이나 생화학을 적극적으로 추천하였으나, 화학보다는 물리를 좋아하는 아들의 강력한 주장에 결국은 본인이 원하는 고려대 기계공학과에 소신 지원하여 합격하였다.

F

학교교육과 사회교육

지덕체와 전인교육

내가 성장기에 많이 들은 구호들을 소개하고 싶다. 뭐 베이비붐 세대인 50대 이상은 잘 기억하겠지만. 학교는 물론 가는 곳마다 쓰여 있던 구호로 '근면, 자조, 협동'이 제일 먼저 생각난다. 또 노래가 생각난다.

"잘살아 보세~ 잘살아 보세~ 우리도 한 번 잘살아 보세~"

참, 모든 것이 결핍된 시절이었다. 서울에 살아서 직접 겪어보진 못했지만, 보릿고개란 말도 많이 들으며 자란 세대이니까. 나는 사실 먹는 것이 부족하고 모자라서 고생한 기억은 별로 많지 않다. 오히려 초등학교부터 대학교까지를 걸어 다니다 보니 어렸을 때 추위에 끔찍하게 고생한 기억이 많이 난다. 신발이나 옷, 장갑, 모자 등 의복의 방한이 부실한 어린아이가 매일 30분 이상 책가방을 들고 걸어서 학교에 가다 보니, 온 발과 손에는 동상이 심하게 걸렸었다. 그 동통(疼痛)에 엄청 고생했다. 등교해도 교실은 왜 그렇게 추운지. 언 손이 녹지 않아 글씨를 쓰지 못했었다. 그로부터 40여 년이 지났다. 그런데 지금도 겨울이면 나의 발에는 동상이 정확히 나타난다. 마치 60년대 고생한 것을 증명하는 훈장처럼.

학교 교육과 관련해서는 먼저 '지덕체'라는 교육목표가 생각난다. 무슨 행사 때면 교장 선생님이나 교감 선생님께서 훈시하실 때 늘 지덕체를 갖춘 전인교육을 지향한다고 하시던 말씀이 기억나기 때문이다. 홍익인간도 많이 들었다. 많이 듣고 커서 그런가, 나는 교육하면 이러한 교육이념들이 먼저 생각난다. 국어, 영어, 수학이 아니라…. 자식들까지 다 키운 지금도 생각해 보면 이 말은 정말 더할 나위 없이 좋은, 최고의 교육이념이라고 생각한다. 좀 지루할지 모르나, 하나씩 다시 살펴보고 싶다.

— 지(智):

'아는 것이 힘이다'로 대표되는 지식의 함양은 현재도 교육목표로써 너무 과할 정도로 잘 기능하고 있다. 앞에서도 충분히 공부하는 문제에 대해서 얘기를 했으니 이 문제는 더 이상 논하지 않기로 한다.

— 덕(德):

무슨 동양사상을 들먹이며 얘기할 실력도 지식도 나에게는 없다. 그런 얘기를 하자는 게 아니다. 공부 못지않게 기본적인 도덕성을 기르는 과정을 만들고 가르쳤으면 한다. 또한, 교과과정에 민주시민이 지녀야 할 기본 자질과 시민의식을 고취하는 교양과목에도 상당한 비중을 두었으면 한다. 철학, 문화, 역사, 교양과 예절 등 과목을 잘 가르쳐서 인간의 도리를 잘 알고 실천하며 사는 민주시민을 육성했으면 한다. 그저 사회의 구성원으로서 건전한 인격을 가진 사람을 육성하자는 말이다.

다시는 세월호 참사와 같은 비극이 발생하지 않도록 자기 위치를 잘 지키고 최소한의 직업의식이라도 가진 사람을 기르자는 말이다. 우리가 함께 사는 공동체를 원만하게 유지할 수 있도록 자기의 책임과 의무를 다하는 사람을 만들자는 말이다. 그리고 좁은 땅에서 부대끼며 함께 살아가야 하는 우리 현실을 감안하여, 남을 의식하고 배려할 줄 아는 사람을 키우자는 말이다. 기본적인 공중도덕과 겸양지덕을 함양하자는 말이다. 뻔히 보면서도 나만 먼저 가겠다고 교차로에서 꼬리물기를 하는 사람은 되지 말자고 가르치자는 말이다. 아무 데나 포장지 쓰레기 버리지 말고, 침 뱉지 않고, 담배꽁초는 차창 밖으로 버리지 않을 사람을 기르자는 말이다. 위조된 인증서로 국가기간산업 시설물에 가짜 불량 부품을 납품하지 않을 정도의 양심을 가진 사람을 기르자는 말이다. 또 돈 먹고 불량가짜 부품을 '무사통과'시켜주어 사회에 해악을 끼치는 '갑'질하는 사람은 기르지 말자는 말이다. 자동차 전용도로 나들목에 상습적으로 끼어들기하지 않을 정도의 양심을 가르치자는 말이다. 반대로 나들목에 새로 진입한 차를 차례로 끼워줄 정도의 아량과 여유를 갖도록 가르치자는 말이다.

내 것이 아니면 탐내지 말아야 한다. 세상에 공짜는 없다. 열심히 노력하고 일해서 먹고 살아야 한다는 평범한 사실을 잘 알도록 가르쳐야 한다는 말이다. 대마불사(大馬不死), 목소리 크면 이긴다, '떼법이면 통한다'라는 잘못된 인식을 나무랄 수 있을 만큼의 양심과 염치를 가르치자는 말이다.

약자를 우선적으로 배려하지는 못해도, 무시하고 업신여기지 않을 만큼의 측은지심(惻隱之心)을 가르치자는 말이다. 나만 즐기고 잘 살면 되지 하는 오만(傲慢)과는 거리를 두고 사는 진짜 멋있는 사람을 많이 길러내자는 말이다.

세상 하직하며 가져갈 것도 아닌데, 죽는 날까지도 수단 방법 가리지 않고 재물을 악착같이 모으는 사람이 되지 말자고 가르치자는 말이다. 모은 재물이 아까워서 능력이 있는지도 모르는 피붙이에게 물려주는 우매한 사람이 되지 말자는 말이다.

상속을 위해 무리수를 두어 온갖 구설에 오르내리는 편협한 재벌 기업 오너를 불쌍히 여기는 사람들을 많이 키우자는 말이다. 엄청나게 많은 부를 쌓아놓고 투자도 하지 못하면서 사회에 기부하는 데에는 인색한 사람을 만들지 말자는 말이다. 돈, 재물과 행복은 그다지 정비례하지 않는다는 상관관계를 가르치자는 말이다.

알량한 재산 물려주어 자식들이 서로 차지하려고 싸우는 꼴은 보지 않도록, 제대로 된 기부문화를 가르치자는 말이다. 돈만 보고 자기 욕심만 채우려고 살다가 그렇고 그런 자식에게 물려주고 떠나는 헛된 인생을 살아서는 안 된다고 가르치자는 말이다.

받는 기쁨보다 주는 기쁨이 더 크다는 것을 알도록 가르치자는 말이다. 대접받기 원하면 먼저 대접해야 한다는 평범한 진리를 실천하는 사람을 만들자는 말이다.

어른을 공경하고, 부모를 공경하고, 스승을 존경하고, 남다른 노력과 재능을 갈고닦아 성공한 사람을 존경하고, 또 그렇게 부를 이룬 사람을 존경하고, 남을 위해 봉사하고 희생하는 사람을 존경하고, 기부를 많이 하는 사람을 존경하고, 많이 벌어서 세금을 많이 내는 사람을 존경하는 사람으로 키우자는 말이다. 또, 더 나아가 존재함에 감사를 표하는 가족, 친지, 친구를 사랑하는 사람으로 키우자는 말이다.

— 체(體):

'체력은 국력'이라는 말을 많이 한다. 말처럼 체력이 국력이라면 내가 보기에 우리나라는 큰일 났다. 아이들이 고등학교를 졸업할 때까지 전(全) 성장기를 오로지 공부에 내몰려서 허약한 아이들이 태반일 테니 말이다. 많은 분들이 알겠지만, 선진국에서는 학교 공부가 끝나면 대부분의 학생이 방과 후 시간에 운동을 즐겨 하며 지낸다. 학교 내외의 다양한 운동모임과 클럽에서.

인간도 포유류의 한 종인 동물인 것이다. 머리만 비대하고, 몸은 비실비실한 가분수형 인간으로 우리의 자식들을 키울 것인가? 심히 걱정되는 우리의 교육현장의 모습이다. 체육은 형식적으로만 하고, 오로지 시험공부에만 관심이 쏠려있는 것이 현실이다. 우리 사회가 경제적으로 잘살수록 점점 더 체육의 중요성에 둔감해지고 있는 듯 보인다.

우리 집 아이들만 해도, 공부는 참견 한마디 하지 않고도 잘했지만, 체력을 길러주기 위해 운동을 시키려니 정말 힘들었다. 마치 가정과 학교와 사회가 아이들에게 운동은 괴롭고, 힘들고, 하고 싶지 않은 것으로 작정하고 가르친 듯하다. 운동하러 데리고 나가려면, 어르고 달래고 설득하고 해서 겨우겨우 시킨 기억이 많다. 누가 우리 아이들한테 이런 몹쓸 인식을 심어 주었는가? 기성세대인 우리가 모두 반성해야 한다.

특히 여학생의 경우는 정도가 더 심하다. 도무지 운동하고는 담을 쌓고 산다. 많이 먹고 앉아서 공부나 SNS 대화방이나 게

임만 좋아하고, 운동은 싫어하고 근육은 없고 피하지방은 쌓여만 간다. 그러다 연애하고 결혼하려고 잠깐 피나는 노력으로 살과의 전쟁을 벌인다. 그리고 결혼하고 아이를 낳는다. 많이 낳는 것도 아니고 대부분 한 명이지만. 허약 체질로 산후 몸조리에 2, 3주는 당연하고 한 달씩 시간이 필요하다. 외국 여성은 출산 후 이틀 내에 퇴원하고 집에서 스스로 산후 조리한다고 들었다. 우리처럼 떠들썩하고 산후조리원이 필수인 양 돈 들여 하지 않는다. TV에서 본 바로는 산후조리원이 산모의 몸조리와 갓난아기에게 별로 위생적이고 좋은 환경도 아닌 것 같은데 말이다. 우리나라 여성의 산고(産苦)를 무시해서 하는 말은 절대 아니다. 사실을 얘기하는 것이다.

우선 학교의 교과과정에 체육 시간을 많이 늘려야 한다. 거의 매일 한 시간 이상 체육 시간이 있으면 좋겠다. 몸이 건강해야 공부도 잘할 수 있는 것이다. 체력이 뒷받침되어야 공부의 집중력도 높일 수 있다. 두 번째는 방과 후에 보습학원으로 갈 게 아니라 학교 내외의 다양한 운동 동아리와 스포츠 클럽을 활성화하고 의무화했으면 한다. 체육과 운동이 학창시절뿐만 아니라 성인이 되어 사회에 진출한 후에도 지속될 수 있도록 시스템을 만들고 지원해야 한다.

정치권과 교육부는 무슨 무상급식과 고등학교 의무교육 같은 시급하지 않은 복지를 내세운 인기 영합 경쟁에서 벗어나기를 바란다. 그래서 지덕체가 조화를 이룬 전인교육을 교육목표로 삼아야 한다. 전인교육과 창의성, 개성, 감성을 북돋우고 키우는 인성교육을 위한 과정을 마련하는 데에 노력해주기를 간절히 바란다.

교육에 관련된 모든 이들과 이 땅의 학부모들이 합심 노력해서 지금의 왜곡된 자녀교육의 질곡에서 벗어나기를 기대한다. 대한민국의 모든 우리 아이들과 청소년이 지덕체가 균형을 이루고, 개성과 창의성이 빛나고, 건강하고 건전한 가치관을 가진 성숙한 민주시민으로 성장하는 날을 꿈꿔 본다.

영어 열풍! 영어공부

어제 교육방송 EBS에서 한국인과 영어라는 기획프로그램을 보았다. 1980년대 이후 국제화가 우리나라의 살길이라고 매스컴이 대대적으로 홍보하면서, 대한민국에서는 거의 모든 사람들이 살아남기 위해, 취직하기 위해, 성공적인 인생을 살기 위해, 영어는 필수라고 생각한다고 한다. 영어조기교육 열풍이 불어, 3~4살 때부터 모국어보다 영어를 가르치기 위해 월 백만 원이 훨씬 넘는 사교육비를 기꺼이 부담하는 학부모의 인터뷰도 보았다. 또 오로지 영어를 가르치기 위해 해외로 조기유학을 감행하는 학부모도 많다고 한다. 영어에 한이 맺힌 사람들이 참 많다. 자녀를 글로벌 차원의 인재로 키우기 위해 영어가 중요한 것은 사실이다. 하지만 영어를 익히는 것과 영어시험을 잘 보기 위해 공부하는 것과 영어를 제대로 구사하고 활용하는 것은 전혀 다른 문제이다.

자, 하나씩 살펴보자. 영어를 익혀서 활용하는 것과 요즘 학생들이 영어공부를 하는 것이 같아야 하는데 실제로는 정말 아니다. 다 아는 바대로 초등학교부터 대학교까지 16년을 열심히 공부하고도 영어를 구사하는 사람은 극소수이다. 많은 시간과 많은 돈을 들여 사교육까지 하고도 결과는 신통치 않다. 내가 생각하기에 이런 참담한 결과는 영어를 구사하려는 공부를 하지 않고, 대학입학을 위한 영어시험이나 취직을 위한 토익, 토플 시험공부에 집중한 결과라 생각한다. 살아있는 영어를 배우기 위한 것이 아니라 단어와 문법, 독해력 위주의 외우기 학습에 치중한 결과라 생각한다. 나의 경우도 두말할 필요 없이 이러한 잘못된 영어학습의 대표적 케이스이자, 희생물이다.

여기서 내가 무역업을 하면서 겪은 영어 울렁증과 그 극복기를 간단히 소개하고자 한다.

나는 신혼 초에 아담한 규모의 무역상사에서 수출 2과 소속 잡화수출담당으로 근무하였다. 당시는 무역상담과 바이어와의 대화는 텔렉스로 하였었다. 텔렉스는 일종의 전보로서 글자의 타당 요금이 나오는 구조라서 약자로 작성하였고, 보통 전문 한 통의 길이는, 짧게는 1줄 길어도 10줄 이내가 일반적이었다. 이런 간단한 전통문 하나를 제대로 작성하지 못해서, 늦게 퇴근하고, 집에까지 갖고 가서 1시간 이상을 가다듬고, 다시 쓰고, 고치기를 반복할 만큼 나의 영어구사 능력은 한심스러웠다. 거래제안 편지 하나를 새로 쓰자면 영한사전과 한영사전을 옆에 놓고 밤을 새울 만큼 많은 시간이 걸렸다. 내가 근 20년을 영어공부를 한 사람인가 스스로 자괴감이 들 정도로 비즈니스 편지 한 장 쓰기가 힘들고 어려웠다.

하지만 '목마른 사람이 샘 판다'고 직업이 수출영업 업무이다 보니 죽기를 각오하고 매달릴 수밖에 없었다. 사전을 샅샅이 훑으며 활용 예를 익히고, 계속 쓰다 보니 점차 익숙해졌다. 곧 간단한 편지나 전통문은 그리 어렵지 않게 작성하게 되었다. 영어 듣기(리스닝)와 말하기(스피킹)도 계속 연습하고 외국인을 따라다니기도 하고, 바이어들을 안내하다 보니 익숙하게 되어서 브로큰 잉글리시지만 그런대로 소통하고 지내게 되었다. 이렇게 짧은 영어나마 구사할 기회를 가질 수 있는 수출업무는 아쉽게도 1년도 안 돼 다른 부서로 전출하게 되어 그나마 중단하게 되었다. 이후 영어를 쓸 일이 아주 가물에 콩 나듯 하여 영어를 구사하는 실력은 점점 퇴보하였다.

1997년 11월 우리나라에 IMF 환란이 찾아왔다. 나는 더 이상 건자재 사업을 할 수가 없었다. 수많은 부도어음을 안고 휘청거렸다. 정신을 차려 다시 시작한 사업이 미용실 가구나 기구를 수출하는 일이었다. 갑자기 환율이 폭등하여 나라를 위해서나 나를 위해서나 돌파구는 수출이었고, 왕년에 다루어본 미용기구를 수출하는 일에 전력을 기울였다.

많은 시간과 노력을 들여 준비한 끝에 드디어 미국으로, 유럽으로 수출상담을 하기 위해 출장을 가게 되었다. 부품 견본과 영문 카탈로그와 가격표와 제품설명서 등을 산더미처럼 들고서 말이다. 실무적으로 많은 준비를 하였고 방문할 바이어와 상담 약속도 하고 비행일정도 세밀하게 짜고 현지 무역관에 도움도 요청하고 하였지만, 가장 큰 마음의 부담은 영어를 잘 못하는 점이었다. 도대체 현지에 가서 상담을 제대로 해낼 수 있을지 영 자신이 없었다.

그래서 출발 전 한 달 내내 영어로 된 상담 시나리오를 만들었다. 상담이 시나리오대로 될 턱이 없는데도 불구하고, 불안한 마음을 달래려는 자위책이었다. 그리고는 스스로 다짐을 했다. 죽기 아니면 까무러치기지 뭐. 잘못해봐야 수출주문을 못 받는 것뿐 아닌가. 손짓 발짓으로라도 대화를 해보자. 또 유럽의 경우, 영국을 빼고는 방문 예정지 5개국 모두 영어는 그들에게도 외국어 아닌가. 어차피 피차 외국어로 상담하는 바에야 좀 못하면 어떤가! 서로 말만 통하면 되지 않겠는가! 하는 배짱으로 나섰다.

이러한 내 생각은 현장에서 그대로 맞아 들었다. 그들은 대부분 나보다 영어구사에 있어 크게 나을 것이 없었다. 이에 고무되어 상담과 해외출장이 거듭될수록 나는 점점 여유를 갖게 되었고, 차분하게 상대방의 의중을 읽으며 상담을 하게 되었다. 이후 미국 출장에서도 그들의 입에 발린 립서비스일 수 있지만, '영어를 어디서 배웠느냐?'며 영어를 아주 잘한다고 치켜세우는 말도 많이 들었다. 사실 내심으로는 진땀을 흘리며 겨우겨우 진행한 상담인데 말이다. 아무튼, 상담을 거듭할수록 영어에 자신감을 갖게 되었고, 나중에는 거래처 전 직원을 모아놓고 제품설명회를 열 정도로, 비록 서투른 영어이지만 그냥 내질렀다. 영어 울렁증은 역시 정면 돌파하는 것이 현명한 방법이고 빨리 극복하는 길이라 생각한다.

이러한 나의 수십 년에 걸친 영어와의 악전고투를 장황하게 늘어놓는 까닭은 우리나라의 영어학습이 실용적이지 않고 관념적으로 흐르고 있다는 점 때문이다. 마치 고매한 어떤 이론을 연구하고 파헤치듯이 영어에 접근하고 있다. 영어는 모국어와 마찬가지로 하나의 언어일 뿐이다. 그저 열심히 소리 내고 따라 하고 익혀서 저절로 말하고 듣도록 해야 한다.

그곳에는 어떤 논리나 이치도 없다. 영어학습의 순서도 잘못되었다. 먼저 소리를 듣고 따라 하고, 그다음에 글로 배우고 단어를 암기하고 문법도 배우고, 매끄럽게 좀 더 성숙하게 표현하는 글도 많이 보고, 익히는 단계로 학습해야 하겠다. 요즘 여기저기 많이 광고하는 대로 소리로 익히는 영어, 그리고 듣고, 말하기 위주의 영어학습법 말이다. 여력이 있다면, 영어시험을 잘 보기 위한 영어공부가 아니라, 실제 영어구사능력을 키우는 학습에 돈과 시간과 정력을 투자하기를 바란다.

또 생각해 볼 점은, 직업상 영어가 꼭 필요한 경우가 아니라면, 영어를 상식선에서 익히면 되는 것 아닐까? 굳이 써먹지도 않을 영어를 그렇게 힘들게 돈을 많이 들여 학습할 필요가 있을까? 우리 모두 영어학습 강박증에서 벗어나자. 물론 영어가 직업상 필요한 사람들은 전문적으로 올바른 방법으로 집중해서 학습해야 한다. 하지만 어떤 경우에도 주입식 영어강의와 문법과 독해, 그리고 무조건 써먹지도 않고 곧 잊어버릴 많은 단어를 외우는 식의 영어학습은 반드시 지양해야 한다.

"학부모 여러분! 영어는 단순히 언어입니다. 무슨 고매하고 어려운 학문이 아닙니다. 모국어를 익히듯 영어를 익혀야 합니다."

대한민국 모든 자녀가 과잉 영어학습열과 잘못된 영어학습의 질곡에서 벗어나기를 기대해본다.

한 번은 내가 매니저로 있을 때 거의 원어민 수준의 영어를 구사하는 유학생 출신의 부하 직원 한 명을 받은 적이 있다. 내가 직속상관으로 모시던 임원이 수출입업무를 고려하였는지, 아니면 아는 지인의 취업청탁 때문이었는지 기억이 나지 않지만, 멀쑥하게 잘생긴 청년을 특채한 것이다. 그것도 조금은 파격적인 호봉과 봉급을 주기로 하고.

그런데 그 친구의 경우 영어는 당연히 우수하였지만, 잘하는 것은 단순히 영어 그것뿐. 업무를 시켜보니 일을 어떻게 해야 하는지 요점과 맥락을 파악하고 해결방안을 찾고, 또 온갖 난관을 극복하고 추진해 나가고 하는 업무 추진력은 거의 바닥 수준이었다. 일하는 방법에 대한 경험과 지식이 거의 없었고, 상상력도 별로였다. 한마디로 영어만 할 줄 아는 사람이었다. 업무를 주면 오랜 시간이 지나도 아무런 결말을 맺지 못했다. 변명과 이유만 장황하게 남고. 그렇게 몇 개월 버티지 못하고 그 친구는 사직하였다.

내가 그 친구에게 조언하기를 처음부터 새로 시작한다는 생각으로 경영학을 공부하든가, 아니면 영어만 잘해도 되는 직업으로 전직하라고 충고해 주었다. 아마도 그 친구 부모는 꽤 재력이 있을 것이다. 그리고 영어만 확실하게 배워도 그게 어디냐고 조기 유학을 보냈을 것이다. 아무튼, 그 친구를 위해 다른 부서 다른 업무로 이동 발령을 내서 써먹을 데를 찾아보았으나, 우리 회사에서는 그 친구가 담당할 마땅한 업무를 찾을 수 없었다. 이런 경험으로 보면, 영어는 정말 의사소통 수단일 뿐이다. 영어를 잘한다고 일을 잘하고 성과가 만들어지는 것은 절대 아니다.

더욱이 요즘은 전 세계가 치열하게 경쟁하고 어떤 일이든 콘텐츠가 제일 중요하고 다음으로 마케팅이 중요하다는 점을 감안하면 말이다.

독자들은 우리 아이들의 경우가 궁금하겠다. 딸, 아들 모두 그냥저냥 특별한 사교육 없이 영어를 공부했다. 혜영이와 정호 모두 영어를 익히기 위해서 보습학원이 아니라 영어회화 학원에 다닌 적이 있다. 영어공부는 시험점수를 위해서가 아니고, 언어 자체를 익히라고 조언한 덕분인지, 별 어려움을 얘기한 적이 없다. 지금은 미국에 유학 가서 원어민처럼 소통하지 못해서 일부 고생도 하지만, 전반적으로는 공부하고, 연구하고, 생활하는 데에 결정적인 어려움은 없다고 한다. 나름대로 영어도 제법 소통하며 미국 생활에 적응해가고 있다.

한마디로 영어가 필요하다면 열심히 공부해야 한다. 단, 시험공부가 아니라 영어라는 언어를 구사하기 위하여 해야 한다. 영어를 언어로서 어느 정도 구사하게 되면 영어시험 공부는 쉽게 저절로 하게 되고 점수도 저절로 얻게 되는 것이다.

국제화 시대, 글로벌 시대를 살아가는 데 영어는 정말로 중요하다. 하지만 영어는 고매한 학문이 아니고 언어인 것을 직시하고, 언어를 익혀서 잘 쓰도록 하는 데에 집중하자. 영어학습에 대하여 더 깊은 전문적인 주제로 들어가기에는 주제나 지면이 한계가 있으니 그만 줄이는 것이 좋겠다.

개포동에서 만난 어느 고등학생

지금으로부터 거의 19년 전 이야기이다. 내가 사업을 시작한 지 6~7년 지난 90년대 말쯤의 일로 기억한다. 그때 내 사무실은 송파구 가락동에 있었다. 아마 강남 어느 곳인가 거래처에 다녀오는 길이었을 것이다. 주차난 때문이었는지, 버스를 타고 갔다가 사무실로 돌아가는 중이었다. 무더운 여름날이라 버스의 창문은 모두 열려있었고, 시간은 오후 4~5시경이었을 것이다. 개포동인지, 대치동인지를 지나는데 한 떼의 학생들이 저마다의 가방을 멘 채 버스에 올랐다. 마침, 내 옆자리가 비어있었다. 한 남학생이 땀을 뻘뻘 흘리며, 나를 흘깃 쳐다보더니 자리에 앉았다.

무더운 날씨에 공부하느라 고생하는 모습이 안쓰럽기도 하고 한편 가상해 보이기도 하여 말을 붙였다.

"더운데 공부하느라 힘들지?"

"네~. 그래도 열심히 해야 해요. 대학입시가 이제 얼마 안 남았거든요."

"그래, 장하구나! 이제 집에 가니?"

"아니요. 학교 마치고 이제 학원에 가요."

"저녁밥은 어떻게 하고?"

"도시락을 두 개 싸 가지고 다녀요."

"엄마가 도시락 두 개씩 싸주시느라 고생이시구나. 학원에서 몇 시까지 공부하니?"

"집에 가면 11시 넘어요."

"열심히 하는구나! 공부를 잘하는가 보다!"

"네. 반에서 몇 등 안에는 들어요. 전교에서도 상위권이고요. 근데 더 열심히 해야 해요. 엄마 아빠가 고생 고생해서 저한테 엄청나게 투자하는 거 생각하면 말이에요."

"그래, 기특하구나. 부모님이 고생하는 것도 알고."

"네. 한 달에 거의 이백만 원 넘게 나에게 투자하세요. 아버지는 회사원이고, 엄마가 과외비 대느라고 따로 일을 하세요."

내 기억에 그때 그 학생 입에서 나온 고액과외비 액수에 사실 깜짝 놀랐었다. 아마 물가상승을 감안하여 지금 돈으로 보자면 한 삼백만 원 훨씬 넘는 큰 돈이었지 않을까 싶다. 그런데 학생의 다음 얘기는 더 놀라웠다.

"큰돈이지만 저에게 투자하는 게 더 좋지 않나요? 나는 서울대 법대 갈 거에요. 그리고 변호사가 될 거에요. 변호사는 돈 많이 벌잖아요. 많이 벌어서 부모님께 열 배로 보상해 드릴 거에요. 비록 지금은 엄마 아빠가 나 때문에 무지하게 고생하시지만, 내가 큰돈을 벌면 일종의 수지 맞는 투자 아닌가요?"

학생의 꿈은 명확하고 단호했다. 그리고 꿈을 향해 돌진하는 결기(決氣)가 느껴졌다. 어쩌면 그 학생은 지금쯤 그 꿈을 이루고 법조인이 되어있을 듯도 싶다. 서울대 법대, 사법고시 패스, 돈 많이 버는 변호사, 그리고 부모님께 투자금 대비 10배 이상의 보상을 하겠다는 다짐.

그런데 그 학생과의 대화의 뒷부분에서, 그때까지 그 학생에 대해 갖고 있던 호감과 격려해주려던 마음이 갑자기 사~악 사라짐을 느꼈다. 특히 마지막 얘기만 없었다면, 듣지 않았다면 정말 좋았을 것을…. 한마디로 그 학생의 꿈은 그냥 변호사가 아니라 돈 많이 버는 변호사였다. 그것도 수지맞는 직업으로서. 법조인이 적성에 맞아서도 아니고, 사회 정의를 구현하기 위해서도 아니고, 사회의 취약하고 어려운 사람을 돕기 위해서는 더더욱 아니고, 오로지 돈을 많이 벌 수 있는 직업으로, 그리고 사법고시 패스로 단 번에 입신양명할 기회로써 법조인이 되고 싶다는 것이 아닐까? 이런 쓸데없는(?) 우려에 기분이 나빠진 것 같다.

글쎄, 돈과 출세에 목숨 거는 풍조! 따지고 보면 요즘이 더하지 않을까, 요즘 직업과 진로 선택의 가장 중요한 요소가 돈 아닌가라는 점을 생각하면 그 학생의 꿈을 뭐 그다지 이상하게 생각할 것도 아니겠다. 우연히 버스에서 조우(遭遇)하여, 한 5분 정도나 되었을까. 짧은 대화를 나눈 이 학생의 꿈 얘기가 나에게만 묘하게 들린 건가? 거의 20년이 지났는데 아직도 기억이 생생하다. 나의 마음 한편에 무거운 납덩이를 매단 것 같은 느낌. 사실 이날 학생과 나눈 대화는 우리 집 저녁 밥상 토론방에서 집사람, 아이들과 함께 여러 차례 설왕설래 얘기한 적이 있다.

독자 여러분은 어떻게 생각하는가?

나의 마음이 무거운 것은 판검사든 변호사든, 돈을 많이 버는 직업의 하나로써 법조인을 선택한다면 좋은 법조인이 될 수 없을 것 같다는 우려 때문이다. 변호사는 되지도 않은 전관예우(?) 때문에 또 모르겠지만, 판검사는 공무원이며, 월급이 얼마 된다고? 내가 알기로는 밥 먹고 살고, 겨우 기본적인 품위 유지할 정도의 박봉으로 알고 있다. 돈 많이 버는 직업이란 정말 잘못된 말이다. 돈을 벌기 위해 법조인이 된다면, 부정하겠다고 작정하고 사법고시 공부하겠다는 말과 다름이 아니다. 변호사도 판검사로서 충분한 경력과 고위직을 거쳐야 큰 사건을 수임하고 돈을 벌 수 있다고 알고 있다.

사정이 이럴진대 돈을 많이 벌기 위해 법조인을 하겠다는 학생의 꿈은, 법조인에 대해 기본적으로 잘못된 인식을 하고 있기 때문이거나, 아니면 실제로 법조인이 표면상 보이는 것보다 훨씬 돈을 많이 벌 수 있는 직업이기 때문일 것이다.

이런 논의를 하다 보니, 거창하게 사회 정의를 따지지 않더라도, 요즘 신문과 방송에 자주 등장하는 상식과 어긋난 법조인의 모습이 겹쳐 떠오른다. 인격 파탄이 났는지 낮과 밤, 공과 사가 완전히 다른 두 얼굴의 법조인. 나이의 고하를 막론하고 아무에게나 반말을 일상적으로 하는 고매(?)하고 지체 높은 법조인. 자기 신분보다 조금만 아래라고 생각하면 때와 장소를 가리지 않고 습관적으로 '갑질'하는 법조인. 심하게 한쪽에 경사된 정치이념의 노예가 되어 이성적인 판단을 하지 못하는 법조인. 그리고 청탁과 뒤를 봐주는 대가로 큰돈을 뇌물로 받는 법조인 아니 법조사업가.

초록은 동색이라고 관피아, 정피아를 포함해서 자기들만의 커넥션을 이뤄, 잘 이끌어주고 잘 밀어주는 리그를 점(?)조직으로 결성, 이에 빠질세라 꼭 끼어있는 법조인. 몇만 원이 아니라 몇십만 원의 식사와 술대접은 높으신 법조인으로서는 당연히 누릴 수 있는 혜택이라 생각하고, 수시로 이해관계(?) 없는 사람으로부터 식사 대접, 골프 접대를 받는 법조인. 밖에서 안 보이는 룸살롱이나 호화 별장에서 몇백만 원의 향응과 접대는 예사로 받는 국가와 민족을 위해 큰일(?) 하는 법조인. 또 무엇을 배웠는지 잘 모르겠지만, 아무튼 많이 배워서 사회지도층으로서 한 몫(?) 단단히 하고 자기 몫은 잘 챙기는 법조인. 극히 일부의 일이겠지만, 이런 속이 부패한 법조인이 꽤 있는 것 같다.

이러한 우울한 상념에 더해서, 중고등학교 때 부모님 등골이

휘어지도록, 수년 동안 과외비로 수천만 원 이상의 돈을 지원받아 법조인이 되어서, 이를 열 배, 백 배 회수하기 위해 열심히 일(?)하는 법조인을 상상하면 슬퍼진다. 모두 모두 훌륭(?)한 법조인으로서 그동안의 고생과 투자에 대한 보상을 받기 위해서 수억, 수십억(?) 원 정도의 뒷돈이나 수임료는 큰돈이 아니지 않겠는가? 최근에 이 원고를 교정하려고 다시 읽어보다가 김모 검사장 덕분에 보상액수를 한 단계 더 올려야겠다. 수백억 원으로…

학원에 가는 대치동 어느 고등학생 이야기가 조금 단순화, 희화화되었고, 이야기의 비약이 좀 있을 수 있겠다는 점은 인정한다. 하지만 우리 사회에서 이미 많이 보고 있고, 볼 수 있는 지극히 현실적인 이야기이고, 우리 사회의 비뚤어지고 과도한 자녀교육열과 비현실적인 고액과외를 투자로 보는 일부 학부모와 학생의 잘못된 시각. 그리고 성공과 출세를 위한 목표 지상주의. 돈이면 귀신도 부릴 수 있다는 황금만능주의. 여기에 우리도 무의식중에 한 발 담가 놓고 있는 것 아닌지 반성해보자는 취지에서 장황하게 얘기하였다.

너무 부정적이고, 무거운 내용만 얘기한 것 같다. 이것도 어찌 보면 나이 탓이리라.

그때 대치동에서 만났던 고등학생이 위에서 사례로 든 법조인과는 반대로, 인간미 물씬 풍기고 사회 정의 구현에 앞장서는, 멋진 법조인이 되었기를 기대해본다.

자녀의 독립,
결혼, 취업,
성취에 대하여

자녀의 독립

많은 대한민국의 부모들이 현실적으로 불가능하다 생각하겠지만, 나는 자녀양육에 대한 부모의 책임은 고등학교까지라는 생각을 가지고 살았다.

내가 초등학교 때인가, 중학교 때인가 어느 선생님이 사자가 어린 새끼들을 절벽 위에서 떨어뜨려서 살아남은 강한 새끼만 키운다는 말씀에 충격과 함께 감동받았던 기억이 난다. 이 교훈으로 나도 내 아이들을 키울 때 강한 독립심을 길러주려고 노력하였다. 게으르고, 나약한 모습을 용납하지 않았고, 필요하다고 생각되면 체벌도 하였다. 실제로 딱 한 번 체벌을 한 적도 있다. 그것도 대학생이 된 딸을.

서양(西洋)의 경우 고등학교를 졸업하면 자연스럽게 부모의 집을 떠나 독립하는 모습을 보고 이러한 생각과 사회적인 관습이 바람직하다고 생각하였다. 그래서 우리 집부터 실천하려고 노력하였다. 우리 아이들이 성년이 되면, 당연히 독립하여 자기의 길을 개척하고, 세상에 도전하고, 치열하게 살아가는 패기 있는 젊은이로 만들고 싶었다. 앞에서 여러 번 언급했듯이 자율, 자립 등을 강조하며 아이들을 키웠고, 대학생이 되면 본인이 장학금을 받든지, 파트타임으로 일을 하든지 본인의 학비와 용돈은 스스로 해결하도록 하였다. 물론 나의 학창시절의 경험을 바탕으로 자식들이 스스로 돈을 벌고 필요한 학비를 구하는 데에 도움이 되도록 여러 방법을 제시하고 조언하기도 하였다.

여기서 나의 학창시절 다소 엉뚱하게 장학금을 받은 경험을 소개하고 싶다.

내가 고등학교 때 가세(家勢)가 기울기 시작하더니 대학교 2학년에 들어서자 우리 집이 파산상태에까지 몰렸다. 그러던 어느 가을날 새벽 4시. 통행금지 해제 사이렌 소리와 함께 무허가 판잣집으로 야반도주하듯 쫓겨 가게 되었고, 나는 학비 문제로 군에 자원입대를 하였다. 2년 몇 개월의 군 복무를 마치고 제대하니 부모님은 나의 학교 복학을 위해 등록금을 마련해 놓으셨다. 추운 겨울이나 무더운 여름날이나 한결같이 길에서 행상과 노점을 하셔서 마련해 놓은 귀한 돈이었다. 특히 어머니는 왕복 10㎞도 넘는 고갯길을 리어카를 끌고, 인근 도매시장에 가셔서 과일 등을 사서 직접 싣고 와 골목시장의 노점에서 매일 밤 11시경까지 판매하셨다. 참 억척스럽게 온몸으로 가족의 생존을 위해 고생하셨다. 이런 집안의 형편에, 제대하고 복학한 나는 공부를 열심히 할 수밖에 없었고, 큰아들로서 집안을 이끌어야 한다는 책임감도 무겁게 느꼈다.

고민 끝에 우리 학과 지도교수님을 찾아갔다. 교수님께 우리 집의 어려운 형편을 말씀드리고 "정말 열심히 공부하여 보답하겠으니 장학금 좀 주십시오."라고 부탁드렸다. 입대 전에 공부를 게을리하기도 하였고, 입대 영장이 주소불명 사태(무허가 판잣집 이사)로 입대를 겨우 1주일 남겨두고 받은 까닭에 중간고사를 절반 정도 보지도 못한 상태로 입대하였었다. 출석 자체가 학점취득 기준에 미달하였고, 그 학기 기말시험 때는 논산훈련소에서 박박 기고 있던 처지였다. 당연히 몇 과목은 F 학점이었고, 전체 성적도 평균 이하였다.

지금 생각해도 참으로 말도 안 되는 당돌한 부탁이었다. 하지만 당돌하기까지 한 나의 말씀을 다 들은 지도교수님께서는 "나를 찾아와서 선뜻 말하기 어려운 개인 사정을 자세히 얘기하며, 공부를 열심히 하겠다고 다짐하고, 도와달라고 부탁하는 학생은 네가 처음이다."라고 하시며 오히려 기특하다고 도와줄 방안을 찾아보겠다고 하셨다. 며칠 후 교수님은 어려운 형편의 학생에게 주는 장학금을 추천해주셨고, 거의 등록금 전액에 가까운 장학금을 받도록 해줬다.

이러한 경험으로 '우리가 피상적으로 알고 있는 상식적인 경로와 판단만으로 세상일이 돌아가는 것은 아니로구나.' 하는 교훈과 또 '진심으로 구하고 문을 두드리면 열릴 것이다.'라는 교훈을 얻었다. 세상만사 간절하게 방법을 찾고 정성을 다해 노력하면 웬만한 난관은 극복할 수 있겠다는 생각도 하게 되었다.

이러한 나의 경험을 강조한 때문인지 아들 정호는 1학년부터 장학금을 받고자 알아보고 노력하였다. 2학년부터는 이런저런 장학금을 넘치게 받아, 이후 3년의 학부와 대학원 과정을 통틀어 학비와 용돈을 스스로 해결하였다. 큰 아이인 혜영이도 학비의 절반 정도와 용돈을 장학금과 아르바이트로 스스로 해결하였다. 두 아이 모두 경제적, 인격적으로 자립할 정도로 성장하여, 대학교 3학년 즈음부터는 우리 집에서도 독립된 성인으로서 인격적인 대우를 받았다.

한 사람의 성인으로 대우할 무렵부터는 딸, 아들 모두 내가 자식으로서 양육해야 하는 대상이 아니었다. 평등한 가족의 일원으로서, 대소사 집안일을 상의해야 하고, 사전에 서로 동의를 구하고, 도움을 주고받는 관계였다. 아이들이 어렸을 때도 이거 해라, 저거 해라 명령하듯이 얘기한 적은 없었지만, 그때부터는 정말 독립한 것과 진배없는 가족공동체의 일원이었다. 무슨 일이든 강압적으로 내 뜻대로 해본 기억이 없다.

돌이켜 생각해 보면, 아이들이 어렸을 때부터 청소년기를 거쳐 성인이 될 때까지 자식을 키우고 교육하는 것은 나와 집사람에게는 부담이 아니라 기쁨이었다. 자식 때문에 속 썩어 본 적이 없고, 오히려 잘 자라나는 모습을 지켜볼 수 있어서 행복한 시간이었다.

성인이 되어서는 인격적으로 대등하고 독립된 가족의 일원으로서, 책임과 권리를 서로 존중해 주는 성숙한 가족관계가 되었다. 이러한 관계는 두 아이 모두 사회에 진출하고, 결혼하고, 미국 유학을 떠난 오늘날까지도 원만하게 계속되고 있다.

우리 부부가 다시 젊은 옛날로 돌아갈 수 있다면, 둘이 아니라 넷이나 다섯쯤 낳아 기르고 싶을 정도로.

작은 결혼식

자녀교육에 관한 책에 웬 결혼 애기인가 하겠지만, 요즘 자녀를 키우고 공부시키는 것은 물론이고, 취직도 시켜주어야 하고, 결혼도 시켜주고, 집도 마련해주고, 애프터 서비스로 손자, 손녀도 키워주는 것까지 부모의 당연한 책임과 마땅한 권리(?)라는 자조 섞인 우스갯소리가 널리 퍼져있다.

정말 우리 전후 베이비붐 세대는 부모 봉양의 의무를 감당해야 하는 마지막 세대이며, 자식에게는 노후를 의지할 수 없는 첫 세대인 낀 세대이다. 위와 같은 시대변화는 한편으로는 억울하다는 생각이 들기도 한다.

나는 이러한 풍조에 반대하며, 나의 결혼관에 대해 잠시 말하고자 한다.

우선, 혼인은 신랑, 신부 당사자 둘이 하는 것이지 부모가 하는 것이 아니다. 참 당연한 말이지만 우리나라에서는 틀린 말인 것 같다. 요즘 결혼식에 가보면 혼인 당사자에 대해서는 거의 또는 전혀 모르고, 오로지 부모의 하객으로, 부모와의 친분 때문에 하는 축하와 축의금이 더 많은 것이 현실인 것 같다.

한번은 내 친구들과 등산 후 뒤풀이 저녁 식사 자리에서 한 친구가 "현직에 있을 때 아이들이 결혼해야 부조를 많이 받을 수 있는데, 통 갈 생각을 하지 않는다."고 한탄하는 얘기도 들었다. 하지만 나의 결혼과 결혼식에 대한 인식과 생각은 이러한 세태 풍습과는 완전히 다르다.

옛날얘기 좀 하자. 나는 친구들과 비교하여, 한 1년 정도 이른 83년에 결혼하였다. 사회생활 2년 차 초년생인, 신입사원 티를 벗어나지 못한 회사원으로서, 결혼 총예산이 고작 삼백만 원이었다. 그것도 1년 부은 재형저축 약관 대출받고, 사적으로 직장 동료 부인이 운영하는 번호계(契) 앞 두 머리를 타는 등 거의 내 힘으로 준비하였다. 결혼 준비와 결혼식, 신혼집 마련 등 혼인의 모든 과정을 전적으로 집사람과 둘이서 감당하였다. 부모님께는 결혼식 직전에 부조금 조로 약간의 돈 봉투를 받은 것밖에 없다. 신혼집도 백만 원 보증금에 월세 6만 원짜리였다. 출입문을 열면, 연탄아궁이가 일자로 좁게 나 있고, 부뚜막이 방문 난간에 붙어있어 한 사람이 겨우 출입할 수 있는 좁고 기다란 통로이자 부엌인, 허름한 구옥의 단칸 월세방이었다. 그래도 나의 신혼생활은 즐겁고 행복했다.

딸 혜영이의 결혼은,

6년 차 근무하는 국내의 유명한 자산운용사의 매니저로서 유학을 떠나야 하는 일정상 조금 서두를 수밖에 없었다. 급하게 구하다 보니, 마땅한 예식장이 없어 여러 형편상 어쩔 수 없이 호텔에서 결혼식을 했다. 하지만 2월 말경 겨울 비수기라 상당한 할인을 받고, 또 자기의 형편에 맞게 비교적 간략하게 결혼을 준비했다. 혼수는 생략하고 허례허식 없이 알뜰하게 결혼식을 올렸다. 나는 그저 아비로서 요즘 세간의 풍습과는 동떨어진 정말 작은 액수의 축의금을 했을 뿐이다. 당연히 결혼식은 혼인 당사자의 당사자를 위한 축제였고, 나는 즐겁게 내 딸의 결혼을 축복하며 그저 축제를 즐기면 되었다. 하객도 딸이 훨씬 많았고, 결혼과정과 신혼집 마련 등 처음부터 끝까지 모든 과정을 혼인 당사자 둘이 준비했었다.

이 결혼식에 대한 나의 표현은 "굿이나 보고 떡이나 먹으면 되지 자식 결혼에 부모가 할 일이 무엇이 있다고."이었다.

딸 내외는 결혼 후 3개월 내에 미국 유학을 떠나야 되었다. 당연히 가재도구 등 혼수는 필요가 없었다. 3개월간 머물 신혼집도 유학생 부부가 공부하며 살 만한 침실과 거실 각 한 개가 딸린 강북의 아주 작은 오피스텔을 렌트(월세)로 준비하였다. 나는 3개월간 산 딸의 신혼집에 가본 적도 없다. 임시 거주를 위한 집이다 보니, 집 장만이 필요 없었다. 딸 내외는 지금은 아들 하나를 낳아 키우면서, 미국의 인디애나주에 있는 퍼듀대학교 대학원에서 박사과정의 학업을 열심히 하고 있다. 물론 딸의 학비는 장학금과 본인이 저축한 돈으로 해결하며 살고 있다.

한편, 아들은 미국 유학이 결정되자,

결혼하고 가정을 꾸려서 며느리와 함께 공부하러 가기를 원했다. 요즘 결혼연령으로 보아 남자 나이 28세는 결혼하기에는 조금 이른 나이일 수도 있다. 또한, 직업이나 경제적 기반 등이 전혀 없는 학생 신분으로 결혼하는 것이 무리인 듯도 보였으나, 나는 기꺼이 허락하였다. 번갯불에 콩 볶아 먹듯 양가에 인사하고, 상견례를 마치자, 정호의 유학 일정상 빠듯한 출국 날짜 때문에 결혼을 서두르게 되었다.

그동안 학부와 대학원 다니며 받은 장학금을 알뜰하게 아껴 쓰고 모은 돈과 사회생활 2년 차인 며느리가 모은 돈에서 각자 5백만 원씩 내서 총 1천만 원으로 결혼식을 치르겠다고 선언하였다. 아등바등 정말 적은 돈으로 알뜰하게 결혼식을 준비하는 모습이 일견(一見) 안타깝기도 하였다. 최종적으로는 결혼비용으로 5백만 원이 아니라 8~9백만 원 정도가 들었지만, 정말 대단한 알뜰 결혼식이었다. 예단, 예물, 혼수, 폐백, 이바지 음식 등은 완전히 생략하였다.

결혼식은 가족이 평생 다닌 모(母) 교회에서 친척, 친지, 친구 등 비교적 작은 인원이 모인 가운데 교회 담임목사님의 주례로 정말 뜻있고 성스러운 결혼식을 올렸다. 한창 젊은 감각으로 준

비해서 그런지 결혼식이 의미도 있고 재미있는 내용도 많았다. 참석한 하객이 거의 결혼식이 끝날 때까지 남아서 축하해주는 멋진 결혼식이었다. 청첩도 소량만 인쇄하여 겨우 몇십 장 정도 돌렸고 그나마 거의 남았다.

딸과 마찬가지로, 나는 내 형편에 맞는 작은 축의금을 주었을 뿐이고, 신혼 여행을 다녀와서는 우리 집에 한 달 정도 머물다가 미국으로 유학을 떠났다. 미국 캘리포니아 버클리에서 지금 사는 집은 학교시설인 기혼자용 아파트이며, 그곳 물가수준으로는 비교적 저렴한 월세로 살면서 열심히 공부하고 연구하고 있다. 물론 미국에서 생활하고 공부하는 모든 경비는 스스로 해결하고 있고, 내가 금전적으로 지원하는 것은 전혀 없다.

취업

나는 지금도 4대 재벌그룹에 속하는 대기업에서 직장 생활을 시작하였다. 그 후 중견기업, 중소기업을 거쳐, 지금은 정말 소수 인원의 영세기업을 운영하기까지 나는 거의 35년의 사회생활을 하였다. 경제가 두 자릿수의 성장을 구가하던 시기에 취업했던 우리 세대와 달리 좋은 일자리 구하기가 정말 어려운 요즈음 청년 취업난은 보기에 너무 안타깝다. 모 S 재벌회사에 합격하면 고시에 패스한 것이라 하고, 대기업 정규직에 취업하면 주위에서 모두 축하하고, 칭찬받을 정도로 취업경쟁이 극심하고 어려운 것이 사실이다. 우리 경제의 저성장을 고려할 때 이러한 취업난은 앞으로 개선되기보다는 일반화된 현상이라고 받아들여야 할 것 같다.

이러한 취업난에 청년들에게 나름대로 취업에 대한 해법을 한 번 제시해 보고 싶다.

— 먼저 취업하려는 기업의 규모를 따지지 말라. 대기업이든 중견기업이든 중소기업이든 심지어는 영세기업이라도 좋다. 다만 기업의 성장성과 경영자의 포부와 계획 그리고 전문성이 있는가는 반드시 점검해야 한다.

— 자기가 일하고 싶은 분야의 직장인가? 자기의 꿈을 이루는 데 도움이 되는 직장인지를 따져보라. 예를 들면 한식요리사가 꿈이라면 나 같으면 우리나라 최고의 한식당이라 평판이 있는 식당에 무급으로라도, 백 번을 사정해서라도 일자리를 구할 것이다. 미용사가 꿈이라면 최고로 미용기술이 있는 미용실에 취업할 것이다. 어느 분야이든 마찬가지이다. 어떻게든 자신의 꿈을 키워가고 실현하는 데에 실질적인 도움이 되는 기업에 취직해야 한다. 보수나 조건을 따지지 말고 꼭 들어가도록 노력해라.

— 셋째는 위의 두 가지 조건에 맞는 직장에 들어갔으면 누가 보든 말든 몸이 부서져라 회사를 위해 최선을 다해 일하라. 시쳇말로 주인의식을 갖고 정말 할 수 있는 최선을 다해라. 요즈음 신문이나 SNS에 주인이 아닌데 어떻게 주인의식을 갖느냐고 비아냥대는 얘기가 많이 돌고 있는 것도 잘 안다. 하지만 내 생각은 다르다. 많은 사람이 착각한다. 편하고 적당한 업무 몰입도가 직장 생활에 좋다고. 그러나 나는 직장과 회사를 위해 적당히가 아니라, 최선을 다하는 것이 곧

자신을 위하는 길이라고 믿는다.

정말 사심 없이 정성을 다해 일한다면, 결국에는 하늘이 알고 자신이 알고 만인(萬人)이 알게 되는 것이다. 반드시 어떤 형태로든 충분히 보답 받게 될 것이다. 꼭 그 직장이 아니더라도. 최선을 다한 노력에 대한 응분의 보상과 그로 인한 결실은 결국 자기 것이 되는 것이다.

— 넷째는 꾸준히 나만의 개성과 창의성과 경쟁력을 기르기 위해 노력하고 투자해라. 남들 다한다고 유행과 시류에 휩쓸리지 말라. 주관을 갖고 장기적인 인생의 목표를 꿈꾸고 실천하도록 노력하라. 결국에는 돈이든 실력이든 보람이든 명예든 자연스럽게 당신의 손안에 들어오는 날이 있을 것이다.

— 다섯째는 독창성이 있는 아이디어나 기술이 있다면 창업에 도전하라. "두드려라. 열릴 것이다." 어려움과 난관이 겹겹이 쌓여 있더라도 적극적으로 길을 찾고 도전하라. 돈이 없어서 못한다는 말은 나는 믿지 않는다. 돈은 남보다 열심히 노력하고 조금 더 잘하면 당연히 따라오게 되어있다. 그저 조금 불편하고 시간이 더 걸린다는 것뿐이지. 다만, 불같이 용기를 내야 하고 끝까지 포기하지 말아야 할 것이다.

지극히 개인적인 생각인데, 요즘 많은 젊은이들이 안정된 직장이라는 이유로 공무원이나 교사 그리고 '사'자 들어가는 자격증에 목매고 길게는 수년씩 매달리는 모습을 보면 너무도 실망스럽다. 그 푸르고 파란 청춘이 아깝다는 생각이 든다.

여기에서 마침 오늘 15년 1월 8일 자 조선일보에 실린 일본의 '노벨상 제조공장' 나고야 대학 총장의 인터뷰 기사를 요약해서 소개한다. 이 기사는 자녀교육부터 취업까지 요즈음 우리나라 일반적인 시류(時流)와 사고방식에 많은 시사점을 준다.

— 2000년 이후 일본의 과학부문 노벨상 수상자 13명 중 6명이 지방의 작은 국립대인 나고야 대학 대학원 졸업생과 교수에서 나왔다.

— 올해 노벨상을 받은 아마노 교수는 대학에 와서야 과학에 흥미를 느꼈고, 이후 연구에 매진 인류역사를 바꾸는 성과를 냈다. 빨리 정확하게 해답을 찾는 대학입시가 학생의 능력, 특히 과학자의 자질을 평가할 수는 없다. 나고야대는 시험성적은 떨어지더라도 잠재력이 있는 학생이 입학하여 재능을 꽃피울 수 있게 돕는다.

— 지방대로서 중앙을 의식하지 않고 독자적으로 판단하고 연구를 하도록 돕는다. 노벨상 수상자의 공통점은 실패에 좌절하지 않는 끈기와 유행에 흔들리지 않는 둔감(鈍感)함이라고 생각한다. 나고야대 교수진은 우수하다기보다는 개성이 강한 연구자들이다. 기존의 연구 시스템이나 학풍에 반기를

든 자유로운 영혼을 가진 사람이 모여서 서로 자극을 주고 받으며 연구를 한다.

— 교수 선발은 '네이처'나 '사이언스' 같은 유명 과학잡지 논문 게재 편수로 평가하지 않고 교수 인터뷰를 통해 얼마나 독창성이 있는 연구를 할 수 있는가를 평가한다.

— 취업률은 어떠한가? 취업률이 98%를 넘어 일본 대학 최고 수준이다. 졸업생의 절반 정도가 중소기업을 선택한다. 도쿄의 대기업과 지역 중소기업에 동시 합격한 학생의 경우 지역기업을 선택하는 경우도 많다. 중소기업에서 훨씬 책임감을 갖고 자신의 능력을 마음껏 발휘할 수 있기 때문이다. 취업은 자기 적성에 맞고 능력을 발휘할 수 있는 기업을 선택하는 것이 중요하다(도쿄 차학봉 특파원 기사 요약).

딸, 사위에게 쓴 편지

애지중지 키운 예쁜 딸이 결혼했다. 혼례와 신혼 살림살이, 유학준비 등 거의 모든 것을 둘이 준비하니 아버지로서 장인으로서 특별히 할 것이 없었다. 그렇다고 남들처럼 전세금을 보태준 것도 아니고. 그래서 생각 끝에 아래와 같은 글을 써서 마음의 선물로 주었다. 이를 전문(全文) 그대로 소개한다. 독자 여러분이 앞으로 자녀를 시집, 장가보낼 때 혹시 참고가 되기를 바라며.

사랑하는 딸, 사위에게 드리는 조언(2012. 2.)

대부분 아는 내용이겠지만, 먼저 살아본 인생 선배로서 두 사람의 결혼생활과 향후 인생살이에 도움이 될까 싶어서 나름대로 몇 가지 조언을 드리니 살아가는 데에 참고하기 바란다.

— 인생은 그다지 무겁지도 가볍지도 않은 것 같다. 순간순간 노력하며 살고 늘 오늘이 마지막 날인 것처럼 오늘과 지금

에 충실하게 살아라. 지나고 보면 스스로 자족하고 행복한 미소를 띠게 될 것이다.

— 나무와 숲을 함께 보아야 한다. 대체로 나무만 보고 숲은 보지 못하는 사람이 많구나. 선택의 기로에서는 늘 나무와 숲을 함께 생각하고 보아야 한다.

— 돈을 좇지 말고, 늘 좋아하는 일을 즐겁게 해야 한다. 즐거우면 적극적으로 하게 되고, 그리하면 돈은 저절로 따라오는 법이란다.

— 사람을 대할 때 늘 상대의 입장을 헤아려 배려하는 말과 태도를 취해야 한다. 주변 모든 사람들과 서로 도움이 되는 좋은 관계를 유지할 수 있는 지름길이란다. 특히 하찮게 보이는 사람들을 대할 때는 더욱 이 말을 명심해야 한다. 세상은 돌고 도는 순환의 연속이란다.

— 부부 사이에도 지켜야 할 금도가 많단다. 언제까지라도 서로 존경하고 사랑하고 존중해야 한다. 존경하는 마음이 없는 부부는 형식적인 부부생활을 하게 된단다.

— 젊어서 사랑하는 것 못지않게 나이 들어서는 계획적이고 적극적으로 서로 사랑해야 행복한 부부로 늦게까지 해로할 것이다.

— 우리에게 주어진 인생의 시간은 정말 짧고 금방 지나간다. 해야 할 것, 하고 싶은 일이 있다면 미루지 말고 지금 실행

하는 것이 행복의 지름길이다.

— 소비생활은 남보다 한 단계 낮게 한 템포 느리게 시작하는 것이 현명하다. 소비 자체의 노예로 사는 사람이 많구나. 슬로시티, 슬로푸드 등이 오히려 인생을 풍요롭게 할 수 있단다.

— 건강을 지키고 유지하는 일은 다른 어떤 것보다 중요하다. 늘 염두에 두고 비중 있게 생각하며 살아야 한다.

— 평생 건강을 지키는 가장 좋고 쉬운 방법은 잘 아는 대로 잘 먹고, 잘 자고, 잘 누고, 그리고 잘 웃고…. 꼭 실천하며 살아라.

— 소식하면서 거친 식재료를 적게 가공한 음식과 한국적인 발효 음식을 늘 섭취하고, 되도록 육류와 가공식품 그리고 패스트푸드를 멀리한다면 틀림없이 건강하고, 수를 누리게 될 것이다.

— 사회적으로 높은 지위나 자리가 행복을 주지는 않는구나. 그보다는 좋아하는 일과 자긍심을 느끼는 일에 매진하도록 하여라.

— 인생의 생애주기에 맞추어 10년 단위로 노후까지 설계도를 작성하고 살아라. 이정표 없이 항해하는 배가 안타깝게도 많구나.

— 자녀의 양육과 교육은 부모가 [illegible] 어떤 철학과 원칙

을 갖고 있는가에 달려있다. 여러 가지 면에서 양육의 원칙을 세워서 아기 때부터 실천해야 한다. 가장 영향력 있는 원칙은 부모가 모범을 보이며 사는 것이다. 오늘의 자녀는 부모가 살아온 모습이고 거울이다.

— 소비는 하방(下方) 경직성이 매우 강하다. 한 번 늘린 소비는 좀체 줄일 수가 없더구나. 소비해야 할 때 한 번 더 생각하고 하여라.

— 저축과 투자는 결혼식 당일부터 시작하여라. 노후 대비도 마찬가지다. 이 문제는 너희가 더 전문가이겠구나. '나중에 형편이 되면 하지' 하겠지만 그런 형편은 평생 오지 않는다.

— 친구는 많을수록 좋다. 노후까지 같이 갈 수 있는 친구를 위해서는 투자를 아끼지 말라. 노후에는 배우자 다음으로 친구가 좋단다.

— 주변에 베풀고 살아라. 주는 기쁨이 훨씬 크고 좋단다. 찾아보면 베풀 것을 많이 갖고 있을 것이다.

— 나중에 자식에게 경제적으로 유산을 남기는 것은 득(得)보다 실(失)이 많을 것이다. 사람은 누구나 필요에 의해 움직이게 되어있다. 스스로 해결하면서 살아야 더 행복하고 더 풍요롭고 더 진하게 인생을 살게 된단다.

— 마지막으로 젊어서 고생은 사서도 한다고 했다. 고생될수록 그 열매는 달다. 고생해보지 않은 사람은 열매의 달콤함

도 그것이 주는 행복함도 모른다.

멋진 인생의 출발이 되기를 바라며….

영원한 팬이며, 후원자 아버지가

유능한 사람이 되려면?

주변을 한번 둘러보라. 세상에는 무슨 일이든 주어진 일을 척척 해내는 사람이 있고, 반대로 일이 그 사람에게 가기만 하면 함흥차사(咸興差使), 도무지 결론이 나지 않는 사람도 있다. 아마 공부도 마찬가지고 자녀양육과 교육도 마찬가지가 아닐까? 공부도 그렇고, 어렵게 취직해서 직장에서 인정받으며 일하는 것도 그렇고, 창업해서 사업을 하는 것도 그렇다.

잘하고, 제대로 해내는 것이 중요하다. 어찌하면 잘할 수 있을까? 한 30여 년을 사회에서 좌충우돌 몸으로, 머리로 때워서, 나름대로 열심히 부딪치고 일하며 살아보니, 이 주제에 대해서도 하고 싶은 말이 좀 있다. 정리해서 얘기하자면,

첫째, 일을 잘하려면 먼저 목표를 세워야 한다. 그것도 구체적으로. 지금까지 사업하면서 직원을 뽑아 직무 교육할 때 제일 먼저 해주는 얘기이다. 천하 없이 능력이 있고 성실한 사람도 구체적인 목표가 없이 '그냥 하루하루 최선을 다하면 되지.' 하고

일한다면, 장기적으로 보아 틀림없이 좋은 성과를 내기 어려울 것이다. 왜냐하면, 구체적인 목표가 없는 경우 하나하나의 일이 목표를 향해 제대로 가고 있는지, 아니면 잘못된 방향으로 가고 있는지 가늠할 수가 없기 때문이다. 자기 생각으로는 똑바로 가고 있다고 해도, 기준선이나 가이드라인이 없다면 갈지(之)자 행보를 하는지, 빙 둘러 돌아가는지, 심지어는 뒤로 가는지 어찌 알 것인가?

일을 잘하는 비결은 간단하다. 목표와 목적을 구체적으로 분명히 하고 그를 향해 매진하는 것이다.

목표 수립도 단기목표와 장기목표로 기간별로 구분하여 정하는 것이 좋다. 또 목표는 외부에서 주어진 것보다는 스스로 만들어야 한다. 위에서 또는 전체 팀으로 주어진 목표가 있다면, 수동적으로 받아들이지만 말고, 검토하고 분석해서 내 것으로 소화하고, 자기 나름의 생각과 가치관을 이입하여 다시 설정하여야 한다. 그래야 내 목표가 되는 것이다.

또 목표는 가능하면 수치로 정해야 한다. 예를 들면, 올해 나의 매출목표는 3억 원이고, 이익목표는 1억 원, 영업사원이라면 이달의 목표는 백만 원 이상 주문을 받는 신규거래처 5곳 확보, 총 거래처 50개 확보 등. 그리고 학생이라면 올해 수학 전교 10등 이내, 양서(良書) 30권 독서 등. 취미라면 여름까지 수영 평영 마스터 등…

둘째, 결론이 날 때까지 지속적인 실천을 해야 한다. 내가 처음 사업을 시작한 구산실업에서 건축자재 사업을 할 때의 경험을 소개하고 싶다.

취급품목이 고급주택용 바닥마감재였다. 여러 회사의 많은 제품들이 건축현장에서 치열하게 납품, 시공 계약을 따내기 위해 경쟁하였다. 눈에 보이는 주택건축 현장이라면 보통 10여 개 사(社)가 경쟁한다. 현장에 울타리가 쳐지고 땅을 파기 시작하면 경쟁이 시작된다. 건물의 뼈대가 어느 정도 올라가면, 대한민국에 있는 유사한 주택 바닥마감재란 마감재는 모두 치열한 납품경쟁에 들어간다. 누구는 현장소장을 잘 알고, 누구는 건축주랑 사돈의 팔촌이고, 누구는 사모님의 조카뻘이고, 누구는 동창이고, 누구는 대한민국 최고품질의 자재로 공인받은 제품을 들고 들어오고, 누구는 확실한 최저가이고 등.

현장공사가 계속 진행되면서 마감재를 선택할 시점이 다가오면, 별일이 없는데도 이상하게 많은 경쟁사가 경쟁에서 탈락한다. 최종 경합에 나서는 제품은 많아야 3~4개로 좁혀진다. 이런 건축현장의 수주(受注)를 위한 경주는 짧게는 6개월, 길게는 2년씩 이어진다. 이러한 장기 수주전에서 6개월 이상 일 년씩 여러 번 방문하고, 견본품과 시방서(示方書)를 제시하며 드나들던 영업사원들이 막상 발주 시점이 가까워오면 지레 발길을 끊고 경쟁에서 탈락하는 것이다.

오랜 기간 여러 경우를 살펴보니 탈락의 이유는 자신들의 경쟁력을 스스로 평가절하하고 포기하는 경우가 제일 많았다. 이러한 수주전의 경쟁 양상은 당시 내 경험으로 보면, 10군데의 현장이면 8~9군데서는 비슷한 과정과 결과를 보였었다. 이런 장기레이스에서 함께 경쟁하였던 나는 지금이라도 이렇게 지면을 빌어 그때 자발적으로 포기한 경쟁사와 관계자에게 고맙다는 말을 하고 싶다. 내가 최종적으로 수주하여 계약을 체결하는데 이렇게 포기한 분들이 큰 도움을 주었었다. 나는 몇 번 이런 건축현장의 묘한 경쟁패턴을 공부하고 나서는, 어떤 수주전이든지 해 볼만하다고 자신감을 갖게 되었다.

나는 학생 때 그다지 공부도 잘하지 못했고, 사회에 나와서도 기라성 같은 학력과 경력을 자랑하는 사람들 틈에서 일을 해서 그런지, 스스로 나의 능력에 대해 별다른 자부심을 갖지 못하고 살았었다. 그런데 사실은 그게 아니었던 모양이다. 좀 우스갯소리로, 내가 영업과 마케팅에 꽤 재능이 있고 상대를 잘 설득하며, 머리도 괜찮은 편이라는 것을 뒤늦게 알았다. 왜냐하면, 최종 마감재를 선택할 시점까지 버티기만 하면 유력한 최종 후보 3개사가 될 수 있다는 것을 알았기 때문이다. 참 재미있는 현상이 아닌가? 함께 경쟁하던 경쟁사에 무슨 일이 있기에 중도에 스스로 포기하는 것일까?

독자들이 흥미가 있을 것 같아 나름대로 분석한 이유를 한 번

예시해 보겠다. 내가 보는 가장 큰 이유는, 사장이나 책임자, 즉 주인의식이 있는 사람이 직접 경쟁에 참여한 것이 아니라 단순 영업직원이 경쟁에 뛰다 보니 난관이 보이면 쉽게 포기한다는 것이었다.

또 비교적 장기레이스이고, 소규모 회사가 경쟁하는 시장이다 보니 영업직원들의 이직이나 변고가 많았다. 직원이 안정적으로, 지속적으로, 열심히 영업을 하지 못하는 것이다. 또 당시 우리 회사도 마찬가지였겠지만, 내용을 들여다보면 사장이 영업직원에게 신뢰를 주고 권한을 확실하게 위임해 주어야 이길 수 있었다. 현장에서 실시간으로 치열한 수주 경쟁을 벌일 수 있도록, 돈과 시간과 정보 등 뒷받침을 충분히 해주어야 하는데, 대부분의 중소기업들이 그렇지 못했다. 따라서 사장인 내가 직접 뛰는 건축현장은 어떤 큰 회사와 경쟁을 하더라도 지지 않을 자신이 있었다.

조금 직설적으로 말하자면 '내가 아무려면 월급쟁이를 이기지 못할까?' 하는 자신감이 생겼다. 실제로 결과가 그랬다. 마음먹고 덤벼든 현장은 거의 60~70%를 최종 수주하지 않았나 싶다. 여직원 한 명과 시작한 사업이 발전하여 2~3년 내 제법 수주가 늘어서 한참 때는 직원이 10명을 넘기도 했었다.

이런 경험은 두 가지 확실한 시사점을 준다. 하나는 목표나 표적을 정했으면 끝까지 포기하지 않고 실천하고 노력하여야 한다는 점이다. 내 생각에는 어떤 일이든 포기하지 않고 꾸준히 목표를 향해서 간다면 정도의 차이는 있겠지만, 상위 20% 이내에는 들 수 있다고 확신한다.

또 하나의 시사점은 주인의식이다. 세상에 온갖 자기계발서적의 단골 메뉴가 주인의식이다. 주인의식을 빼놓고는 어떤 일이든 성과를 내기 어렵다. 이 점은 사실이 아니라 진실이라고 말하고 싶다. '주인의식을 갖자!' 참 말하기는 쉽다. 그런데 실제 주인이 아닌데 주인의식을 갖기는 정말 힘들다. 일의 성과와 완성도는 주인이 아닌데 주인의식을 얼마나 많이 갖느냐에 달려있다고 본다.

한 예로 우리 회사에 영업직원으로 근무하던 직원이 독립하여 우리 제품을 판매하는 유통사업을 시작하였다. 그런데 2~3개월 만에 직원으로 있을 때보다 2배 정도의 매출을 올리는 것이 아닌가? 직원으로 있을 때 "밖에 나가면 당신이 사장이다. 당신 거래처에는 당신이 회사를 대표하고, 사장인 것이다. 주인의식을 갖고 영업하라."고 숱하게 강조하고, 교육하고, 독려하였다. 그리고 구간별로 매출증가율보다 훨씬 더 높은 성과급을 제시했었다. 그러나 그리 강조했어도 직원으로서는 별 성과를 거두지 못하다가 독립하고 나니 같은 조건에서 두 배 이상의 매출을 올리는 것이다. 이것이 주인의식이 있고 없고의 차이이다.

셋째, 일을 잘하려면 사심(私心) 없이 해야 한다. 어떤 회사이든, 어떤 조직이든 일하는 사람이 사적인 욕심을 갖고 일을 처리하는 경우를 너무 많이 보았다. 조직의 목표와 일치하는 것이 아니라면 절대로 사리사욕(私利私慾)을 취하는 방향으로 일 처리를 해서는 안 된다. 나의 사회생활 30여 년 경험에서 보면, 어느 조직이든 70% 가까운 구성원이 작든 크든 사심을 갖고 일을 처리하는 경향을 보인다. 본인은 '이 정도야 회사에 무슨 악영향을 주겠는가?'라고 생각하고 예사로 행하지만 그러한 안일한 생각은 조직구성원 모두가 할 수도 있는 것이다. 이런 적당주의와 부적절한 조치와 행위가 모여서 전체적으로는 조직의 목표달성에 큰 장애가 되고, 조직의 발전에 심각한 걸림돌이 되는 것이다.

신문에서 자주 보는 여론 조사 결과에 대한 보도 중 우리 사회는 '정직하게 성실하게 열심히 일해도 제대로 보상받지 못하고 성공하기 어려운 사회'라고 답한 사람이 다수였다고 한다.

정말 그런가? '세상을 부정적이고 삐딱하게 보고 싶은 사람들에게만 그럴 것이다.'라고 나는 주장하고 싶다. 중복된 얘기지만, 다시 한 번 강조하고 싶다. 정말 사심 없이 열심히 일하면, 우선 내가 알고 하늘이 알고 결국에는 모두가 알게 된다는 것을. 이 말을 믿고 사심 없이 열심히 일을 해보자. 사실 우리 평범한 일반 시민들은 그렇게 믿는 수밖에. 뭐 특별히 좋은 다른 대안도 없을 테니까….

자! 우리 모두 일을 멋지게 잘해서 나의 인생이든 자녀의 인생이든 훌륭한 인생작품을 만들어 보자. 훗날 정말 사심 없이 열심히 일했노라고! 자자손손 대를 이어 자부심을 전할 수 있도록.

최선을 다했다?

나는 1977년에 군에 입대했었고, 운이 좋은 것인지 나쁜 것인지 카투사(미군에 배속된 한국군)에 뽑혀서 미군 부대에 근무하였다. 천성이 게으르고, 철이 없어서였는지 아니면 시쳇말로 머리가 좋아선지 근무명령을 어겨서 징계를 받았다. 한국군에 쫓겨나와서 말년 군 생활을 6개월정도 하고 제대하였다. 두 군데의 보충대를 거쳐 다시 한국군에 배속을 받아 열심히 복무하던 때였다.

어느 매우 추운 겨울날이었다. 연병장에서 아침조회를 마치자마자 빙판이 된 얼어붙은 수도전을 녹이기 위한 작업이 시작되었다. 한 20여 명쯤 되는 부대원이 삽과 곡괭이 등을 들고 작업에 투입되었다. 나는 당시 고참 병으로 주번하사를 하던 때여서 자연스럽게 꽁꽁 언 땅을 파는 작업에 앞장서게 되었다. 아마도 그때가 내가 태어나서 처음으로 언 땅에 곡괭이 질을 한 것 같다. 전에 곡괭이 질을 했던 기억이 별로 없다.

아무튼, 별로 경험이 없어선지 아니면, 1월 매서운 한파에 땅이 완전히 얼음으로 덮일 정도로 꽁꽁 언 탓인지, 곡괭이를 아무리 힘껏 내리찍어도 땅은 꿈적도 하지 않았다. 잘 파져야 어린아이 주먹 정도의 땅이 파이는 것이었다. 내리치는 각도가 조금만 빗나가면, 언 땅은 불꽃만 튀기면서 꿈적도 하지 않는 것이었다. 생각보다 더디고 어려운 작업이었다.

나름대로 열심히 작업 하던 중에 키가 무척 컸던 중대장(당시 대위)이 "야! 김 병장." 하며 나를 불러 세우더니, 그대로 그 큰 주먹을 나의 턱을 향해 날리는 것이었다. 엉겁결에 강 펀치를 맞고, 눈에 불이 번쩍, 눈물은 흐르고, 볼은 부어오르고, 땅에 몇 바퀴를 나뒹굴었다. 입에서 피를 흘렸는지까지는 기억이 없다.

그리고는 중대장이 웃통을 벗고, 손에 침을 한 번 튀기더니, 곡괭이를 잡고 언 땅을 파기 시작했다. 그런데 결과는 내 눈을 의심할 정도였다. 한 번 곡괭이 질에 거의 한 20센티 정도는 땅이 파이는 것이었다. 스무 번 정도의 곡괭이 질에 한 평 정도의 땅이 다 파여서 그 밑에는 얼지 않은 땅과 수도 배관이 드러나는 것이었다. 중대장은 나에게 "이런 밥 빌어 개도 못 먹일 놈 같으니라고." 하고 욕을 해대고는 벗어놓은 점퍼를 집어 들더니 휑하니 자리를 떠서 가버리는 것 아닌가. 후임 졸병들 보는 데서 개망신도 유분수지 나는 그 날 평생 걸려 팔 쪽을 다 팔았다.

아직도 무지하게 아픈 볼 때기는 그렇다 치고, 치밀어 오르는 분노와 함께 창피함을 애써 누르며 다시 곡괭이를 잡았다. 그리고 언 땅을 향해 곡괭이를 던졌다. 그런데 이게 웬일? 그렇게 파이길 거부하던 땅이 중대장과 거의 같은 크기와 깊이로 파이는 것이 아닌가? 그 뒤의 내 개인적인 감정 수습은 중요한 얘기가 아니니 각설하고. 이날의 곡괭이 질은 내게 큰 교훈을 주었다. 아니 대오각성(大悟覺醒)하고, 인생 살아가는 데에 큰 좌우명이 되었다.

처음 곡괭이 질을 할 때도, 나는 나름대로 최선을 다한다고 하면서 땅을 판 것이다. 내가 몸을 아끼기 위해서 살살 판 것도 아니었고, 처음 해 보는 작업이라서 살살한 것도 아니었다. 아마도 처음이라 곡괭이 질에 자신감이 없었나 보다. '꽁꽁 언 땅이라 제대로 팔 수 있을까?' 하는 회의하는 마음도 한편에는 있었나 보다. 한두 번 곡괭이가 얼음판에서 불꽃을 튕기며 이리저리 춤을 추고 손에서 벗어나려 하자 자신감을 잃었고, 마치 어린아이가 곡괭이 질을 하듯 땅이 파지지 않은 것이었다.

그러나 맞고 나서는 완전히 달라졌다. 중대장의 곡괭이에 파이는 것을 보고 나서는 나의 곡괭이질의 결과는 하늘과 땅 차이만큼이나 달라진 것이다.

내가 하고 싶은 말은 우리가 무엇인가를 할 때, 누구나 스스로 최선(最善)을 다한다고 생각하고, 또 그렇게 했다고 말한다. 그러나 이는 대부분 자기 합리화 내지는 변명에 불과한 것이다.

즉 최선을 다했다고 한 것은 사실은 무늬만 최선이지, 대부분이 진정한 최선이 아니었던 것이다. 내 생각에 우리가 최선의 노력이라고 말하는 최선의 99%는 사실 자기 합리화한 최선인 것이다. 정말로 할 수 있는 최선(最善)을 다한 경우는 1%에도 미치지 못할 것으로 본다.

내 말에 반박하고 싶은 분이 있다면, 그분에게는 '가슴에 손을 얹고 정말 더 할 수 없는 한계까지 최선을 다했느냐'고 반문하고 싶다. 나에게 이 곡괭이 사건은 이후에 무슨 일을 하든, 정말 혼신의 힘을 다해 하면 못할 것이 없다는 확신을 갖게 해주었다. 세상만사 다 사람이 하는 일인데 정말 최선을 다해 노력하면 안 될 일이 없을 거라는 소신을 갖고 살아가는 계기도 되었다.

그런 배짱과 자신감이 있어서 나는 직장 생활을 청산하는 사표를 낼 때 망설이지 않았고, 이후 돈 한 푼 없이 작은 사업을 시작해서도 그다지 걱정하지 않았다. 늘 최선을 다하면 살아가는 데에 별로 걱정할 게 없다는 믿음이 있었기에.

나 혼자만 하지 않고, 주변 사람들이 모두 다 유행처럼 따라 하는 것도 별로 부러워한 적이 없다. 여러 번의 실수와 좌절도 있었지만 오로지 내 의지 하나를 믿고, 좌충우돌 부딪치며, 극복하며, 살아왔다. 또한, 자녀교육도 누가 가르쳐주어서가 아니라 내가 어려서부터 새겨듣고, 새겨보고, 스스로 터득하기도 하고, 배우고, 느낀 것을 교훈으로 삼아 실행이 있던 것이다.

원칙을 세우고 이를 지키려고 노력하는 과정에서 운 좋게 나를 인정해주는 배우자와 심성이 순하고 착한 아이들을 만나 비교적 성공적인 자식농사를 지은 것 같다.

최선을 다한다는 것의 진정한 의미를 깨달아 이를 실천한다면, 우리는 어떠한 인생이든 자신감을 가지고 잘 살아낼 수 있다고 생각한다.

딸에게 받은 감사장

자녀를 바르고 총명하게 키우고자 애쓰는 이 땅의 젊은 아버지, 어머니에게 이 글이 조금이나마 참고가 되고 도움이 되기를 바라며, 마지막 소제목으로 딸에게 받은 감사장 내용을 소개하고자 한다.

미국으로 유학 간 딸 내외와 17개월 된 손주가 지지난 초여름에 잠시 귀국했었다. 한 달정도 우리 집에 머물다가 돌아갔다. 손자는 옛말 그대로 눈에 넣어도 아프지 않을 만큼 예쁘고 귀여웠다. 미국에서 하지 못한 손자의 첫돌 잔치를 사돈집과 상의한 결과 늦었지만 간략하게 치러주기로 하였다.

다음 글은 손자의 첫돌 잔치에서 딸 내외로부터 받은 감사패의 전문이다. 딸이 아래의 글을 낭독하는 동안 나는 가슴 깊이에서 올라오는 기쁨의 눈물을 참느라 애를 썼었다.

감사합니다.

경훈이가 태어난 지 벌써 1년.
경훈이와 함께 겨울, 봄, 여름, 가을, 겨울을 보내고 이렇게 뜻깊은 자리를 갖게 되었습니다.

경훈이를 낳고 '부모'가 되어서야 알았습니다.
부모님의 끝없는 사랑과 정성 어린 보살핌, 그리고 인내….

부모님께서 저희를 이런 마음으로 키우셨겠구나
하는 생각에 '부모'가 된 하루하루를 깨달음으로 보냈습니다.

항상 지원해주시고 사랑해주시는 부모님의 은혜에 감사하고 또 감사합니다.

부모님께서 저희를 키워주셨듯 저희도 경훈이를 바르고 건강한 아이로 키우겠습니다.

경훈이가 저희 울타리 안에서 총명하고 지혜롭게 자라도록 힘쓰겠습니다.

경훈이의 첫 생일을 맞아 그동안 표현하지 못한 감사와 사랑을 전합니다.

감사합니다.
그리고 사랑합니다.

경훈이 아빠,

경훈이 엄마 혜영 올림.